角野栄子

エブリデイマジック

EVERYDAY
MAGIC

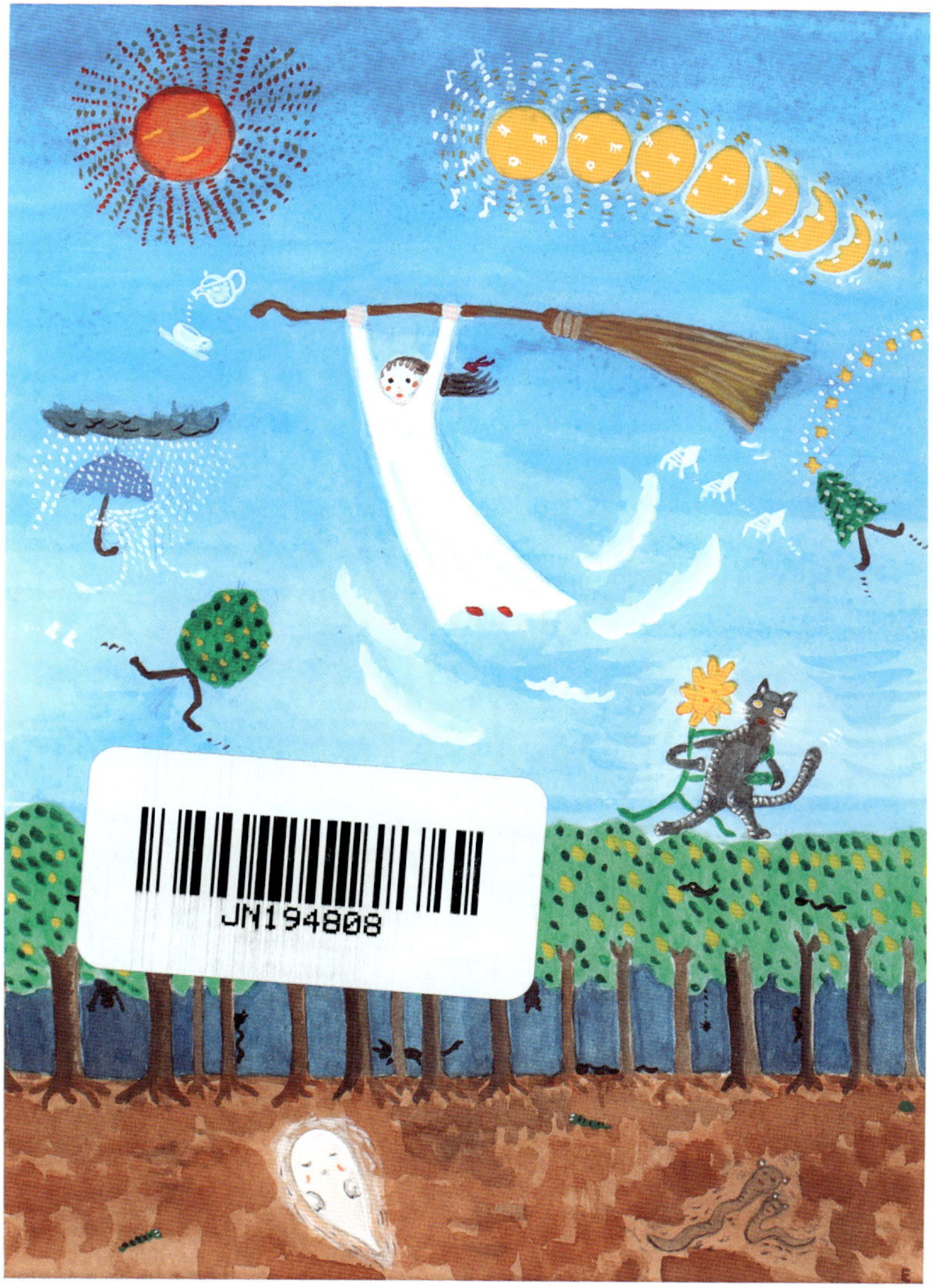

平凡社

仕事場にて。コルクボードに描いた自作の壁画と　（スタイリスト・くぼしまりお）

もくじ

＝角野の「黒革の手帖」（109ページ参照）より。本書掲載にあたり文章は一部修正している。本書イラストのほとんどは、この手帖に描かれていたもの。

装画　角野栄子
扉　「ほうきと少女」
表紙　「ポルトガル ファロの家」1997年

I エブリデイマジック

人間の日常のなかに不思議が混ざる物語のジャンル
――〝エブリデイマジック〟。

たったひとつの「とぶ」という魔法をつかって、人間の町コリコで暮らしはじめるキキ（『魔女の宅急便』）、レストランの屋根裏に住むおばけのアッチ（『スパゲッティがたべたいよう』）、母の生家で幽霊に会ってしまうイコさん（『ラストラン』）など、角野栄子の作品の多くは、日常の魔法《エブリデイマジック》に満ちている。

そして角野自身、「書くことが好き！」と自覚した瞬間から、その毎日に魔法がかかっている！

玄関の小さなチェスト。マグネットになっている目と口を動かせば、困った顔になる

クッションを作ってもらったとき、共布のクマをプレゼントされた。もう一方の手にもっているのは、角野自身が作った編みぐるみのサル

魔女のしるし……
それはほうきだけではない……
心のなかをお見せできないのが
ざんねんです

（『魔女の宅急便』その3より）

赤ー。

おしゃれルール1＝分相応がいちばん。
高すぎるものは買わない。

右頁中央の四角いものは、Kindle。
ふだん読むのは紙の本で、これは旅
のとき用。読書は欠かさない

魔女キキが着る服は「世界一美しい黒」ときまっているけれど、作者である角野のワードローブは、色であふれている！その大胆な色遣いの秘密とは？

髪が白くなりはじめたころから、赤いものを身につけることが多くなった。「つまり目くらましよ！」と笑う。赤は元気をくれる。目立つから、かばんのなかでも見つけやすい。文房具もダンベルも、壁も本棚だって、赤、赤、赤！

白！

赤と似合うのは、やっぱり白。お互いの色を引き立て合い、髪の色ともなじむ。角野の色白のきれいな肌にも合う。国際アンデルセン賞授賞式では、白いワンピースに赤いネックレス、赤い靴下に白い靴。紅白の取り合わせは華やかで、まことにめでたい装いだった。

おしゃれルール2＝服の色は、二色まで。すっきりまとめる。

右下の焼きものは、碍子（がいし）。
電線の絶縁などに、使われるもの。
カード立てにしようと、友人からゆずってもらった

オレンジ！

講演など仕事で旅をすることも多く、体に合う型紙でワンピースを作ってもらっている。そんなとき、スカーフやアクセサリーで変化をつけるのが楽しい。おなじ服でも、印象ががらりと変わる。金属アレルギーがあるので、プラスチック製のものが多い。「とにかく軽いのがいちばん。八十になったらわかるわよ」

おしゃれルール3＝ルールにしばられないこと。自由に！

オレンジ色のはさみは、ミュージアム・グッズ。おもしろいデザインのものが好き

めがね コレクション

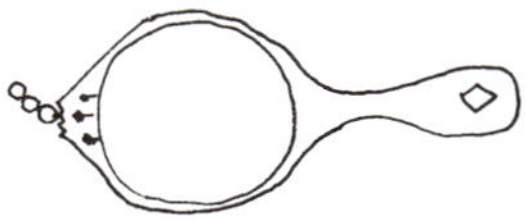

フレームとレンズを合わせると、それなりのお値段。だから、仕事をがんばった自分へのご褒美に、めがねをひとつ。そしてまたひとつ……。めがねの数は、がんばったしるし。

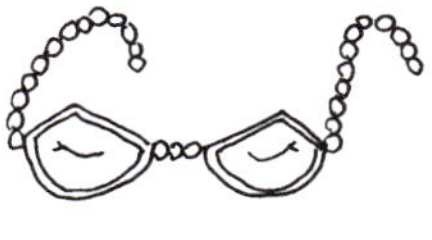

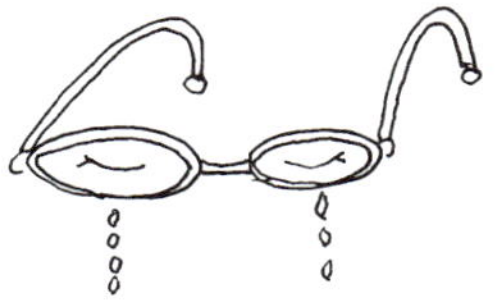

最近のお気に入りは、白いフレーム

鎌倉

二〇〇一年、東京都内から鎌倉へと転居。駅や海までの道は高低差もなくらくちん。長く運転していた車も手放して、すたすた歩く。

右頁／鎌倉文学館へのアプローチにあるトンネル
左頁上／鎌倉文学館玄関横の透かし窓から空を望む
左頁下／鎌倉、初夏の空

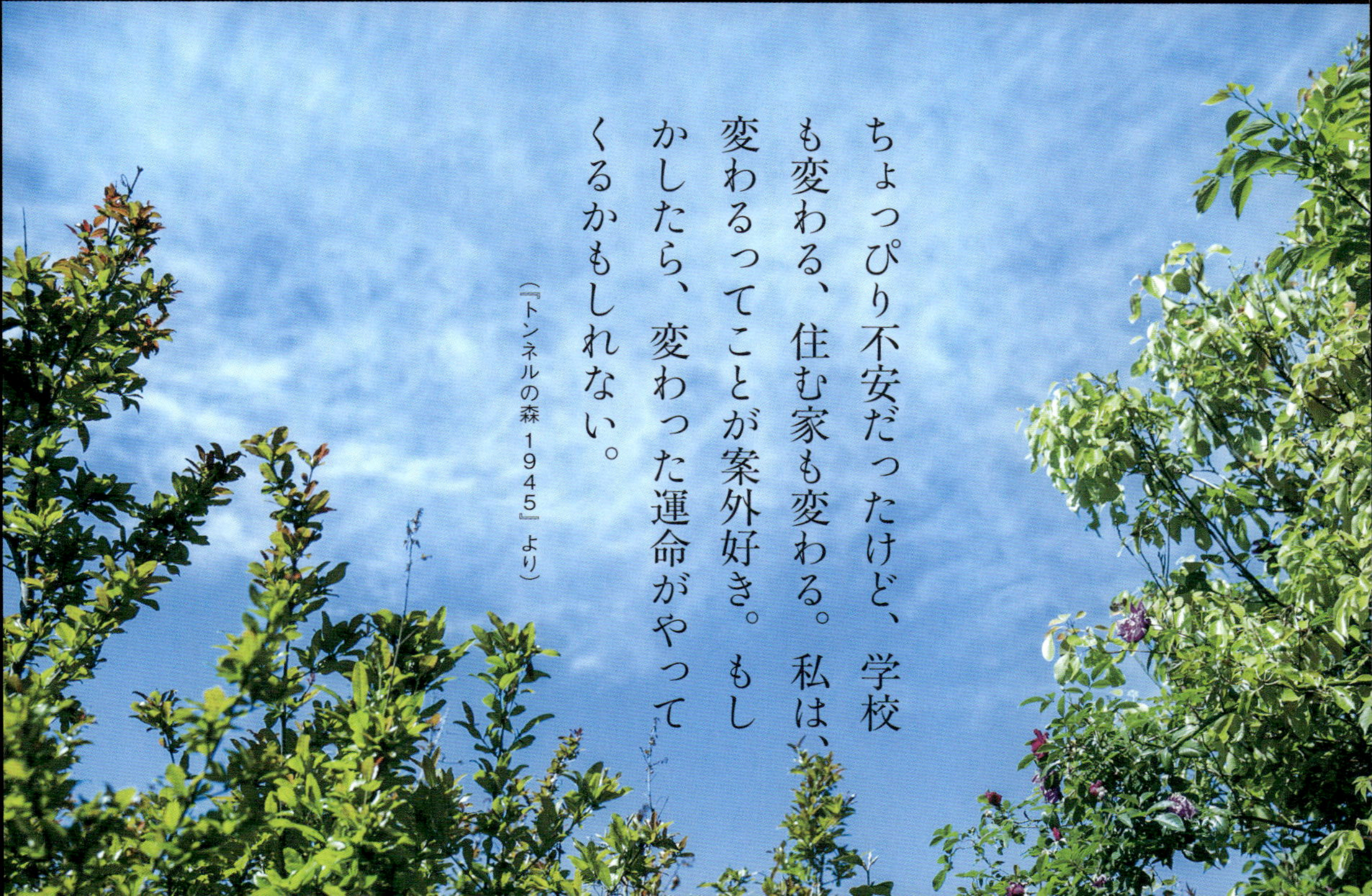

ちょっぴり不安だったけど、学校
も変わる、住む家も変わる。私は、
変わるってことが案外好き。もし
かしたら、変わった運命がやって
くるかもしれない。

（『トンネルの森 1945』より）

鎌倉に越した日。車から降りたとき空気が違うと思った。私の胸にするりと入ってきて、なにかしみじみとしみていく。この町となじんでいけそうだと思った。あれからずーっと旅の途中にいるような気がしている。紗《しゃ》をかけたような町。もっとよく見ようとすると時間が動く。観光地に住むって、これまたいい気分。

道……狭いせいかあいさつをする。

海……足あと。スニーカーって本当にいろいろな文様をもっている。

生きもの……クモの軍団、待ちぶせしている。

由比ヶ浜スケッチ

路地の向こうになにがある……？

ハイクハイクハイク

鎌倉に住むようになってから始めた俳句。俳号は紅花。

トロとイカおごっちゃおうね新米さん
二〇〇六年

窓あけて元旦の風つかんでる
二〇〇七年

吹く風が摘み草色に今日かわる
二〇〇八年

しゃぼん玉消えてはじめて空青く

かやり火ははなぺちゃぶたのなかがいい

二〇〇九年

マーガレット十三歳の白きほほ

なき父とじっと見つめる焚火です

二〇一〇年

ひなのまえちいさきひざはかしこまり

語らいのひとときとだえ夜寒かな

百合ゆれて見て見て見てよ見なさいよ

二〇一一年

ほら見てと手をかごにして螢の火　二〇一二年

春暖炉まききをつみきに子は遊ぶ　二〇一三年

手をのばす五月の空のハッカアメ

さえずりはするさりしゅるひぴゅしゅるぴる

二〇一四年

路地おくに大正の顔鉄線花

神の留守自由時間は大さわぎ

二〇一五年

かすみ草だけを抱えて墓参り　二〇一六年

小鮎たく母の手元を思いつつ

冬耕のいささかまがるおもしろさ

とんとんをかえてとととん菜めしかな　二〇一七年

水温《ぬる》みうれしがってる鯉の腰

祭の夜あの子はきっときつねの子

カヤとムム

『魔女の宅急便』のイメージからか、猫と暮らし、ハーブを育てていると思われがち。でも角野とともに暮らしたのは、シーズー犬のカヤ、そしてムムだった。スケッチブックにその姿が残っている。

カヤ。洗ってもらったあと、耳がふんわり広がっているのがとてもかわいい

いたずら描きしていたら、こんな絵になっちゃった……現実にはなかったこと

シーズー犬は散歩ぎらい。ムム（写真）もカヤも歩くのがきらいで、帰りはいつも抱っこだった

ムムを　かくのは　いそがしい
ムムを　かくのは　むずかしい
ムムは　ちびでも　ライオンだ
ライオントレーニング　しているもん

「マッカラーズの右手」

「大学に入ったらね、遊んでいいんだよ」と私の耳にささやいたのは、どこの誰だったか……？　「へー、それは素敵！」と思ってしまったのが、多分、運命の分かれ道。入学すると、私は当然のごとく、勉強をさぼって、ふわふわと楽しい学生生活を送っていた。

でも、三年生になると、卒業論文に取り組まなければならない。文学好きだったから、英米文学作家の中から誰かを選んで、作家論にしよう。それはすぐ決まった。そして浮かんだのは、サマセット・モームだった。読んで面白かったし、人物描写は憎らしいほどすばらしい。でも、この作家の作品は多すぎる。どれだけ読めばいいのか……と、怠け者が躊躇していたら、カーソン・マッカラーズの「ザ・バラッド・オブ・ザ・サッド・カフェ」という作品と出会った。空気が動かないような世界、出口のないような人々。強烈に引き込まれた。続けて代表作である「心は孤独な狩人」「結婚式のメンバー」と引っ張られるように読み進めた。しかもマッカラーズの作品数は少なくて、全作品が厚さ五センチぐらいの本に全部入ってしまう。モームの比ではない。でも、もうそれが問題ではなくなった。マッカラーズの独特の世界にすっかり魅了されてしまった。

「心は孤独な狩人」の音楽家を夢見る一人ぼっちの少女、十二歳のミック。「結婚式のメンバー」の、背丈がこのまま伸び続けたら……と心配するフランキーも十二歳だ。私の十二歳の頃を重ねて読んでいた。訳のわからない複雑な世界にいたような気がする。八十四歳の今でも、そこから抜け出せたかどうか心許ない。

アメリカの小説にね。大きくなるのがなやみの女の子のお話があるのよ。二メートルこすノッポが、はたしてレディになれるかしら、ってね。

(『わたしのママはしずかさん』より)

"The Ballad of the Sad Café"
Carson McCullers
1951, Houghton Mifflin Co.

それで、キキ、イコ、アリコという、同じ年頃の少女を書き続けているような気がする。

　卒論の指導教授で、翻訳家の龍口直太郎《たつのくちなおたろう》先生が、ニューヨークでマッカラーズに会った時に、「日本にあなたのことを論文にした学生がいます」と話してくださったそうだ。「じゃ、その人に」と、彼女が龍口先生に託したのが、右の手のひらをこちらに向けて掲げているポートレイト写真だった。まるで仏像の手のようだと思った。その中に吸い込まれていくような気持ちがした。

　やがて、無事に私は卒業した。

「栄子、マッカラーズの後は、これを読みなさい」

　私が一年生の時、一年だけ、早稲田で教鞭をとった英語の先生が、一冊の本をお祝いにくれた。

　それは『不思議の国のアリス』だった。なぜ？　その時は思った。その先生とは、日本映画の研究家で、ニューヨークMoMA（近代美術館）の映画キュレーターを務め、二〇一三年、日本で亡くなられたドナルド・リチー氏である。

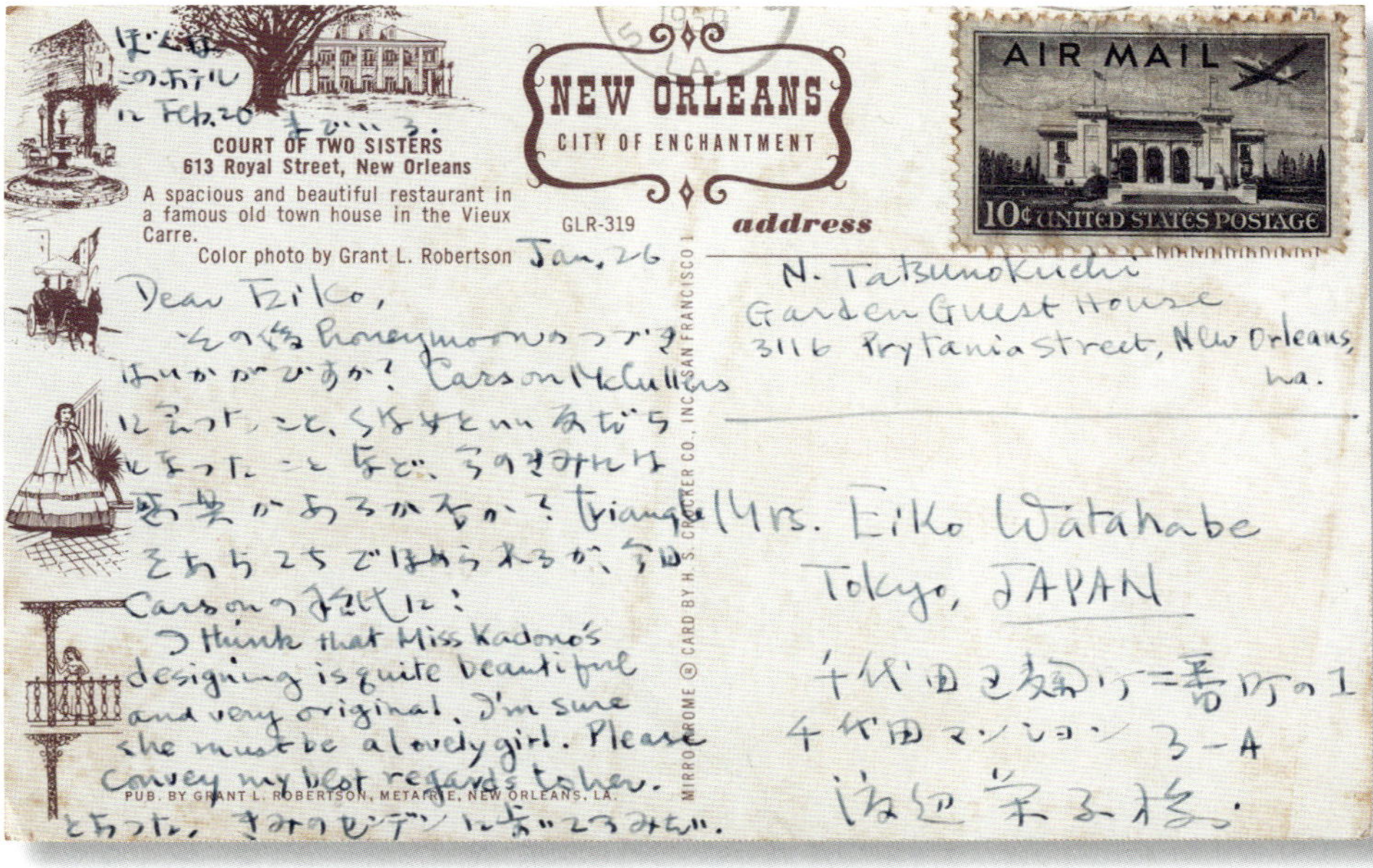

ニューオリンズ滞在中の瀧口直太郎先生からの絵はがき（消印は1959年）

Dear Eiko, その後honeymoonのつづきはいかがですか？ Carson McCullersに会ったこと、彼女といい友だちとなったことなど、今のきみには感想があるか否か？ Triangleをあちこちでほめられるが、今日Carsonの手紙に：
I think that Miss Kadono's designing is quite beautiful and very original. I'm sure she must be a lovely girl. Please convey my best regards to her. とあった。きみのセンデンに歩いてるみたい。

（マッカラーズの手紙の訳）角野さんのデザインは、たいへん美しく独創的です。きっとすてきな女性でしょう。どうぞよろしくお伝えくださいね。

（注）Triangleとは、瀧口直太郎随筆集「とらいあんぐる」（昭和33年5月 評論社）のこと。角野が装釘を手がけた。

瀧口直太郎先生と

Ⅱ 大きな贈りもの

二〇一八年八月三十一日、「国際アンデルセン賞」の授賞式が、ギリシャのアテネで開催されたIBBY（国際児童図書評議会）世界大会にて行われた。画家賞はロシアのイーゴリ・オレイニコフ、そして作家賞は日本の角野栄子に贈られた。

国際選考委員長パトリシア・アルダナ氏は、驚きに満ちた楽しい角野作品から、自分自身の経験や強さを武器にして何かに立ち向かう勇気を得られると高く評価した（JBBYパンフレットより）。

つづく受賞スピーチで角野は、幼いころ父親に読んでもらった「桃太郎」や、ブラジルで出会った少年のことなどに触れ、書くことが好きだ、と思った瞬間について語った。

最初にメダルを掲げたとき、ぽろりと落ちるハプニングがあって、手を添えた

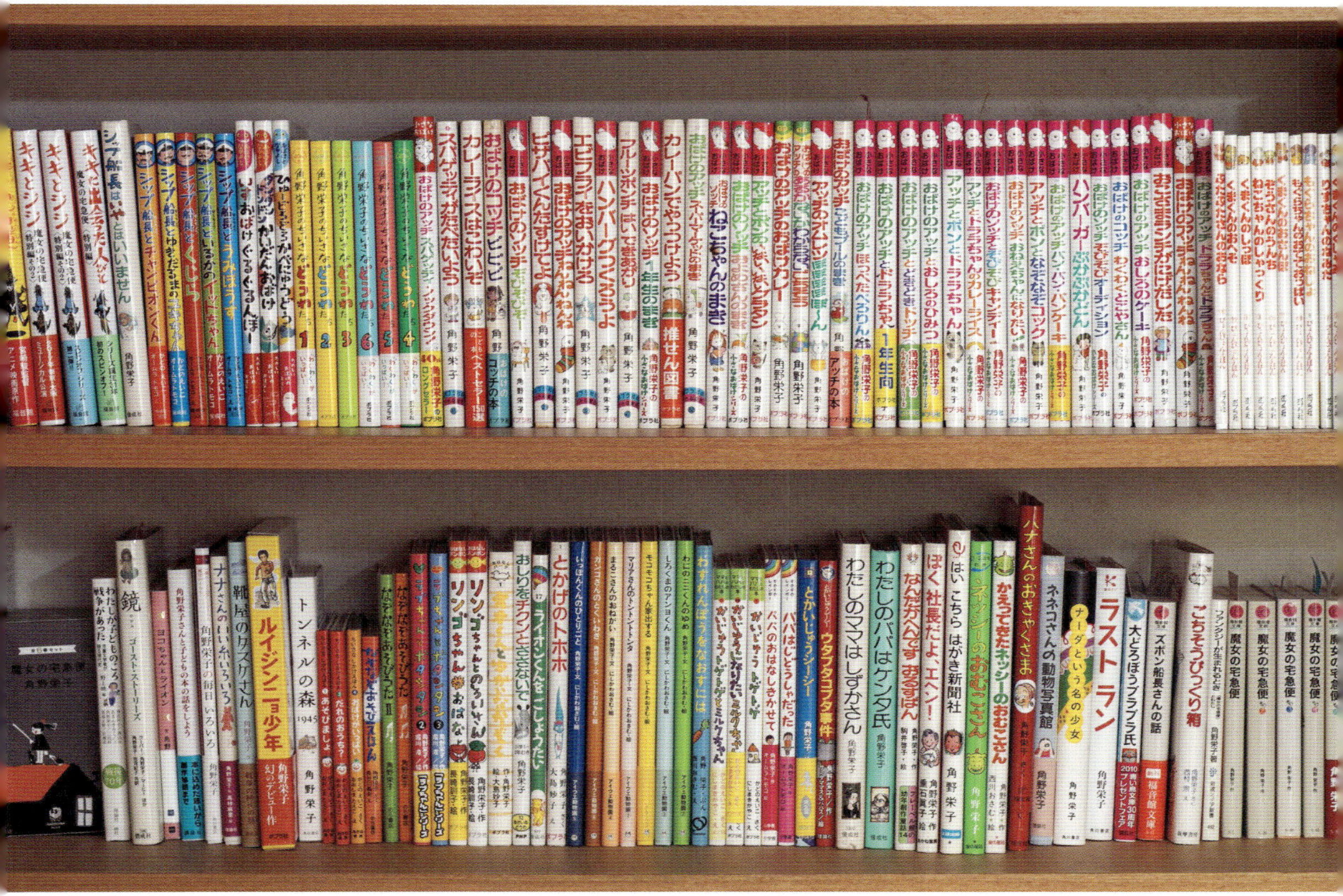

自著の本棚

国際アンデルセン賞メダル

国際アンデルセン賞賞状

アンデルセンさん

もうそろそろ、大事に抱えていた品々を整理しなければ――。これが今年の課題でした。とっくにやっておかなければならない歳になっていたのです。それで、時間を見つけては、仕分けを始めました。ところが、押し入れや引き出しの奥から取り出した品々を手にした途端に、心は思い出の中にどっぷり。懐かしさの旅に出てしまいます。ふと思いました。「私にはもう、『思い出』しかないの？『これから』はないの……？」そんな時に、『国際アンデルセン賞作家賞』受賞のお知らせを受けました。まだ私にも、これから開ける扉があるかもしれない。そんな明るい空気をはこんでくれたのです。

ハンス・クリスチャン・アンデルセンさんの作品と初めて出会ったのは、「マッチ売りの少女」というお話だったと思います。私もこの少女と同じくらいの歳でした。ご存じのように、こごえるように寒い大晦日のお話です。マッチ売りの少女は寒さの余り、売りもののマッチに火をともしてしまいます。すると、その小さな光の中に、暖かなストーブや、ごちそう、クリスマスツリーが現れるのです。最後には大好き

だったおばあちゃんまで。お話は残酷なほど悲しい終わりを迎えます。このマッチ売りの少女はアンデルセンの母親がモデルだと言われています。読んだ後、小さい私は泣きました。でも、どこかでうらやましいと思っていたのです。マッチをともして、大好きなおばあちゃんにまた会えたんだもの。五歳の時に母親を亡くしていた私は、少女に憧れました。

一九六一年に、初めてデンマークのフュン島、オーデンセのアンデルセン博物館を訪ねました。ガラスケースの中に、一見小さなぼろ布の塊のようなものが展示されていました。説明を読むと、アンデルセンが、本を見せてくれる近所の裕福な婦人に自分で作って贈った『針刺し』だというのです。年月がたって、いささか色も形も古びていたとはいえ、出来のいい作品にはとても見えませんでした。

想像するに、六、七歳のアンデルセン少年は、婦人の親切に何かお礼がしたかったのでしょう。小さな手で、必死に針刺しを作っている姿を想像すると、なんとも切ない気持ちになります。階級差のはっきりとしている時代で、家に入ることを許され、本を見せてもらえるなんて、めったにないことだったはずです。本好きの貧しい少年は、どんなに心躍らせたことでしょう。感謝の気持ちを表したい。でも、それだけではなかったように思えるのです。彼にとって、婦人との交流は、将来につながる一筋の光だったのではないか。このつながりを失ってはいけない、そんな切実な気持ちが、針刺しから伝わってきました。そして、アンデルセンが一生持ち続けた複雑な心に触れた思いがしました。

彼はよく旅をしています。意外に遠くまで。素晴らしい旅行記もいくつか書いています。その時、持ち歩く荷物が博物館に展示されていました。まずおなじみの山高帽を入れるケース、ブーツ用のケース、大きな革のトランク、そしてその脇に直径二センチほどのロープがぐるぐる巻きで置いてあったのです。「一体、何のために……？」

当時は機関車が通るところはごく少なく、ほとんどは馬車旅行でした。旅行をする頃には、アンデルセンもある程度余裕があり、従者もいたかもしれません。それにしても、このロープはかさばるし重そうです。宿場の宿は、大方は二階建てで、一階は食堂、客室は二階です。そこでもし火事が起きたら……？　そのためのロープだったというのです。今よりも火事が多かったとしても、そんなに頻繁に起こるものでしょうか。災難に狙い撃ちされると思い込んでしまう、彼の不安を感じました。

貴族の館に呼ばれ、大人にも子供にも歓迎され、滞在をしながら、即興のお話を語る。そういったお話の中から、今に至るまで世界中で読まれている物語が生まれていきました。童話作家として大成功を収めたと言っていいでしょう。でも、彼の心の底にある幼少時の哀しみの記憶は、マッチの炎のように消えることはなかったのです。

哀しみには力があります。贈り物があります。それはけっして小さなものではないと思います。見えないものではあるけれど、もしかしたら、喜びより大きい贈り物かもしれません。

（初出「文藝春秋」二〇一八年六月号　文藝春秋）

2005.1.1.

幼いころ

アンデルセンとおなじく、角野の心の底にも消えない哀しみの記憶があった。五歳のとき、母が亡くなったのだ。

右端が母　四姉妹

私は柱に背中を押しつけて泣いている。

小さいときの自分の姿を思い出そうとするときまってこの光景が浮かんでくる。

五歳になってすぐ、私は母を亡くした。病院に入っていたのだから、そんなに突然のことではなかったのかもしれないが、私にはまるで目の前のものが、急に消えてしまったような衝撃をうけた。人ってある日、いなくなっちゃうんだ。そう思うと、怖くて、怖くてたまらなかった。

（『ファンタジーが生まれるとき』より）

「かあさんとはんぶん、はんぶん」（略）
かあさんのほうきの房には、安心がたくさんのこっているような気がして、どうしてもすててしまう気になれなかったのでした。

（『魔女の宅急便』より）

母と　栄子0歳

おとうさん

父は、顔を見合わせると、ふっと「チコタン　チコタン　プイプイ　チコタン」と歌うように言ったり、折り紙を「キチョ〜メン」と言いながら折ったり、おもしろい言葉を作るのも得意な人だった。国際アンデルセン賞の受賞スピーチで角野は、父に「桃太郎」を読んでもらったときの「どんぶらこっこう　すっこっこう」の音が、体のなかに残っていると語った。また父の下町言葉の響きは懐かしく、落語を聞くのも大好き。

叔父の結婚式（富岡八幡宮）　父、母、弟と　4歳

下町言葉

教える＝おせえる
寒い＝さぶい
捨てる＝ふてる
大事＝でいじ
ひと月＝しと月
ひいき＝しいき
質屋＝ひちや
潮干狩り＝ひよしがり
まっすぐ＝まっつぐ

いとこと　左が栄子

弟と。おかっぱの前髪の両端は「カドマル」に切ってもらいなさい、というのが父の口ぐせ

深川の店は、とっても変わっていた。（略）まるで中は迷路のよう。無理に渡した廊下はひしゃげて、二階だと思えば一階だったり、いつの間にか屋根裏まで伸びていたり（略）なんとも不思議な家だった。（略）この家は子供達を大いに面白がらせたり、怖がらせたりした。かくれんぼには最適で、小さな子供の姿をすっぽりと隠してくれる薄暗い隅っこが至るところにあった。

（『ネネコさんの動物写真館』ポプラ文庫版あとがき「私の深川」より）

両親、姉（左）と（小岩の家）

学童疎開のあと移った千葉県野田市にて　後列左端

新しい母、弟と

学童疎開で山形県長井市にいたころ。家に手紙を書くときのために、みんなで住所にメロディーをつけ、歌っていた。

♪ヤマガタケン　ニシオキタマグン　ナガイマチ　イズミリョカ～ン

現在進行形

自宅にて　22歳ごろ

江戸川の土手で　18歳

新制中学校最初の一年生になると、それまで敵性語と言われていた英語を勉強することになった。そのときに文法で習った、be＋動詞＋ingの「現在進行形」という言葉がいたく気に入ってしまう。戦争が終わって、アメリカのジャズ、フランスのシャンソン、翻訳の本や映画など新しい文化がどんどん入ってきて、これからは現在進行形で生きていこう！と心に誓う。

新宿御苑にて　21歳

大学で龍口直太郎氏と出会い、英米文学に目を開かれる。フォークナー、スタインベック、カポーティ、モーム……好きな作家はたくさん。迷ったあげく卒論にはカーソン・マッカラーズを選ぶ。全作品が、中編ばかり数編で一冊に入ってしまうほどだったから、というが、もちろんそれだけではなかった。

マッカラーズの書く人々はいつもとてもとても不安で、愛されることを求めてさまよう孤独な人ばかりだった。彼女は「木・岩・雲」という作品で登場人物の老人にこんなことを言わせている。「人はまず、木・岩・雲を愛することからはじめるんだね」

（『ファンタジーが生まれるとき』より）

マッカラーズを選んだのは、フランキー（『結婚式のメンバー』）やミック（『心は孤独な狩人』）との出会いが大きかったと思う。この心もとなさは、かつて自分が感じ、そして今も持てあましているものだった。ここではないどこかに、行けば……せっかちにそれは出来ると思っていた。

父と。結婚式の日。23歳

叔父が買ってきてくれて
初めて「自分だけの本」になった
『ビルマの竪琴』（竹山道雄）

「本読めば……」

子どもの頃、おこづかいなどというものはなかった。「お帳面買うから、お金ちょうだい」「紙芝居見るから、お金ちょうだい」というように、必ずお金に名前がついていた。そんなものがついてない、自由に買うものを選べるのが、一年に一度のお年玉だった。それも帳面代よりずっと額が大きい。元日の朝、家族そろってお雑煮でお祝いをしたあと、ポチ袋に入ったお年玉が一人一人に配られる。額はみんな同じなのに、人の袋の中を覗きたくなる。そして使う時を思って、そわそわしていた。

ところがお正月の三が日は、どこのお店も閉まっている。使いたくても使えない。四日になってお店が開くと、走って行く先は本屋さん。店内はそんな子どもでいっぱいだった。時間をかけて、本を選ぶ。でもお年玉といえども、金額は限られている。買える範囲で本を選ぶことになる。本屋さんには塗り絵も、漫画も、かるたも売っていた。あれも買いたい、これも……。でも結局、選ぶのは本だった。「私、こっち買うから、あんたはそっち。かわりばんこ読もうね」と姉妹で協定を結んだりした。

こうして選んだ本『小公女』『人魚姫』『秘密の花園』……などを、廊下の柱によりかかって読む。夢中で読む。頬があからみ体中がカッカと熱くなってくる。だんだんと姿勢が崩れてくる。西日がまぶしくなったら、陰に引っ込む。あぐらをかいたり、ゴロンと転がったり。すると父が一尺（ほぼ三十センチ）の物差しを目と本の間に差し込んで、「離して、離して。目が悪くなる」と言う。言いつけを守るのはいっときで、また姿勢はグズグズになってしまう。

学校の帰り道はたいてい、友達に借りた本を家に着くまで待っていられなくって、読みながら歩いた。今のように自動車なんて通らないから、交通事故の心配はないけれど、電信柱はあった。ごつん！　おでこをぶつけて、目を回す。ある時、やはり本を読みながら歩いていると、妙に温かい息が足元に吹いてきた。思わず振り向くと、電信柱につながれた牛が鋭い角でグイッとお尻を押してくる。慌てて跳びのいて、私は盛大に尻餅をついた。

それから現在に至るまで、本にまつわるエピソードにはいろいろと事欠かない。でも、子どもの頃のように体中がカッカとするような夢中の読書は、残念ながらもうない。どうしてないのだろう？

Ⅲ

ブラジル

小さいときからずっと「ここではないどこか」がある、と思っていた。結婚した相手も「ここではないどこか」へ行きたい人だった。そしてふたりは決断する。行先は地球の反対側、ブラジル！　海外への渡航が自由ではなかった時代、自費移民として、まだ見ぬ「どこか」へ出発する。

移民のパスポート

チチャレンガ号乗船チケット

トランクトラックのアイディアは『ラブちゃんとボタンタン』につかわれる

「どうなることやら、心配だね。決めたらすぐの人だから」
「あら、そう。あたし、心配なんてしてないわ。心配はおきたときすればいいのよ。今は、贈りもののふたをあけるときみたいにわくわくしてるわ」

（『魔女の宅急便』旅立ちのことばより）

ブラジル到着前夜のメニュー表

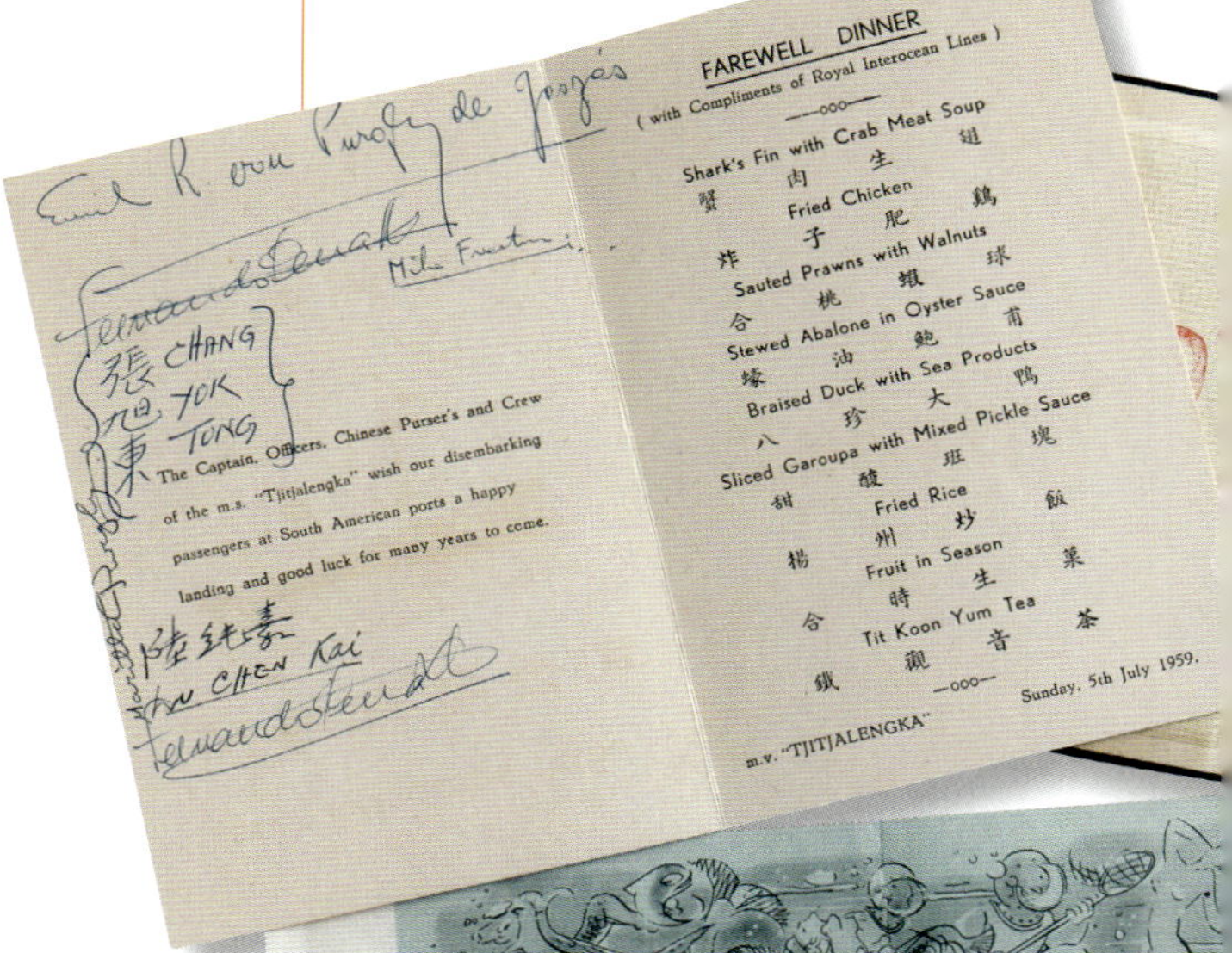

赤道通過証明書

ブラジルから家族に宛てた手紙

1959.［5.27.］

お元気ですか、栄子も大変元気で今支那海におります。（略）一日一日がすごく速くすぎます。この分ではきっと退屈しないでしょう。美しい海の色や夕暮の空の色はなんて表現してよいかわかりません。キャビンに入るのも惜しくて一秒一秒楽しんでおります。一日中海ばかりの日がつづきますが、遠くにでも船の姿がまるでアリみたいに見えても皆大さわぎします。飛び魚が船に驚いて群をなしてとんだり、イルカが二、三頭とび上がったり水にもぐったりします。小岩のみんなに見せてあげたいと思います。

1959.［6.18.］

どんな所に行っても私達は必ず市場に行くことにしております。思いもかけない発見をすることが出来るからです。（略）私達がこの旅に出たということは想像していた以上に良いことだったとつくづく思います。そして本当に幸福だと思います。（略）私ってよっぽど親不孝に生まれついているのかもしれませんが、家に帰りたいと思いません。（略）でも不思議なことに小岩の人達どうしているかなと思うと、必ず縁側の上がり口の所が目に浮かんで来るのです。

チチャレンガ号（オランダ船）

1959.［7.16.］

私達二人とも無事サンパウロに到着致しました。十日にサントスに着いたのですが税関での通関手続きが思いの外大変で、東京出発以来初めていやな気分になりました。ミシン、アイロンに税をかけられました。（略）船は朝着いたのに税関を終わってサントスから一時間半のサンパウロに着いたのは夜中の二時半でした。その間立ちづめで昼食以外に何も食べていなかったので、もうヘトヘトでした。（略）

今までどの港に寄っても英語が通じないところはありませんでしたが、一歩ブラジルに上陸したらぜんぜん一言も通じません。これには困りました。

アパート。ベランダにいます

1959.［10.6.］

サンパウロは気候の変化がはげしいのできちんと栄養を摂らないとやっていけません。朝はセーターを着るほどなのに、日中はすごくあついのです。家に入るとさむいぐらいで、直射日光は強烈です。（略）

栄子達もできれば今のところは早くアメリカに行きたいと思っています。そして計画の一つはアメリカでカラーテレビのこと勉強して日本に帰りたいと思います。これは日本でまだ未開拓の分野ですので、きっと面白いだろうと思っているのです。

1959.［12.20.］

同じアパートに住むサンバ歌手の奥さんと仲良しになり毎日遊びに行ったり来たりしています。大変親切でそれに平凡な奥さんでないので愉快です。御主人はコメディアン（ちょっと大道芸人的）それに息子のルイジンニョ。彼はとても可愛く私のポルトガル語の先生です。奥さんはRuth《ルーチ》 Amaral《アマラル》といって今は少し斜陽的ですがちょっと有名らしい。カーニバル用のサンバ歌手といったところです。声は江利チエミばり、

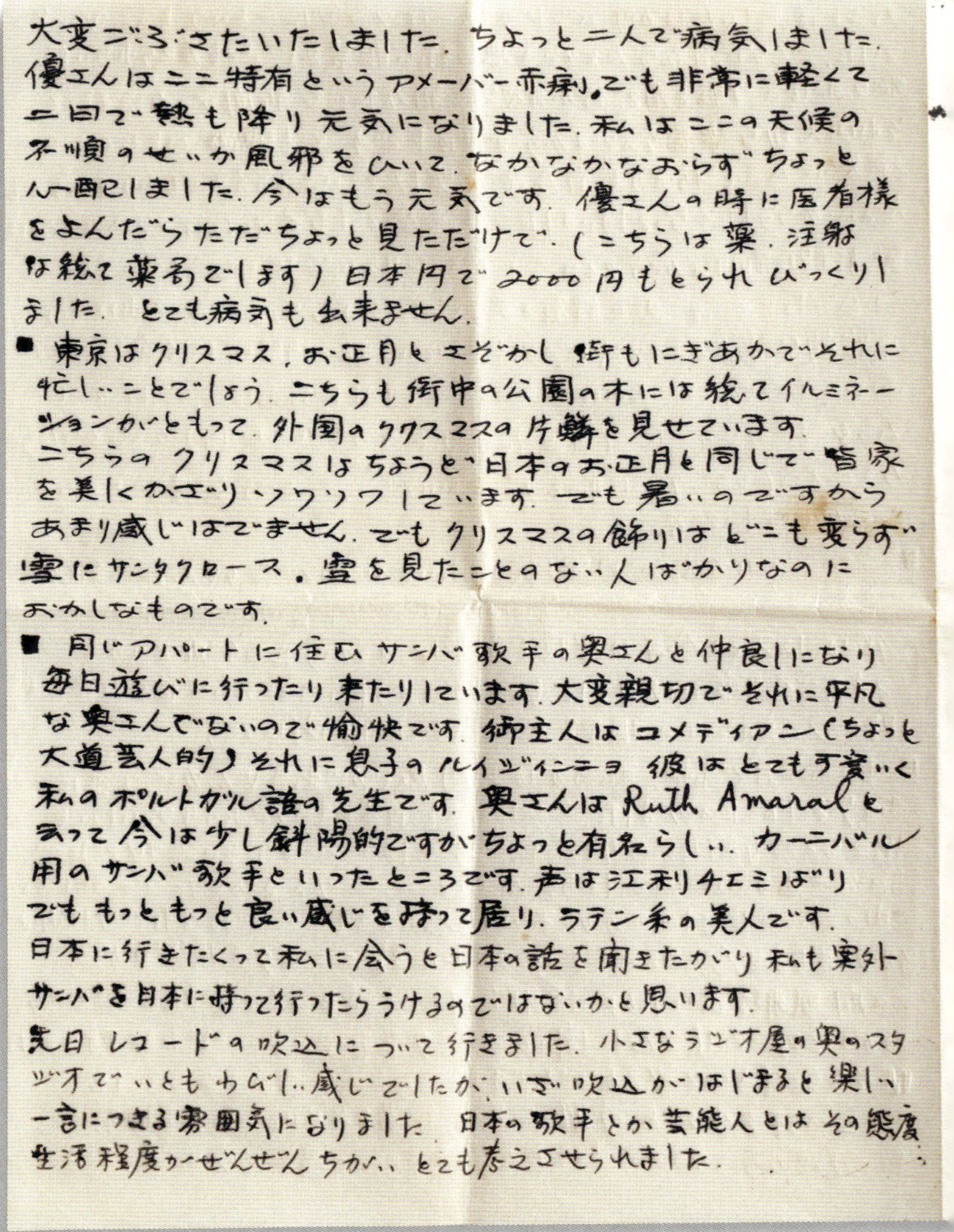
大変ごぶさたいたしました．ちょっと二人で病気しました．
優さんはここ特有というアメーバー赤痢．でも非常に軽くて
二日で熱も降り元気になりました．私はここの天候の
不順のせいか風邪をひいて．なかなかなおらずちょっと
心配しました．今はもう元気です．優さんの時に医者様
をよんだらただちょっと見ただけで．（こちらは薬．注射
は総て薬局でします）日本円で2000円もとられびっくりし
ました．とても病気も出来ません．
■ 東京はクリスマス，お正月とさぞかし街もにぎあかでそれに
忙しいことでしょう．こちらも街中の公園の木には総てイルミネー
ションがともって．外国のクリスマスの情緒を見せています．
こちらのクリスマスはちょうど日本のお正月と同じで皆家
を美しくかざりソワソワしています．でも暑いのですから
あまり感じはでません．でもクリスマスの飾りはどこも変らず
雪にサンタクロース．雪を見たことのない人ばかりなのに
おかしなものです．
■ 同じアパートに住むサンバ歌手の奥さんと仲良しになり
毎日遊びに行ったり来たりしています．大変親切でそれに平凡
な奥さんでないので愉快です．御主人はコメディアン（ちょっと
大道芸人的）それに息子のルイジィンニョ 彼はとても可愛く
私のポルトガル語の先生です．奥さんはRuth Amaralと
云って今は少し斜陽的ですがちょっと有名らしい．カーニバル
用のサンバ歌手といったところです．声は江利チエミばり
でももっともっと良い感じを持って居り．ラテン系の美人です．
日本に行きたくって私に会うと日本の話を聞きたがり私も案外
サンバを日本に持って行ったらうけるのではないかと思います．
先日レコードの吹込について行きました．小さなラジオ屋の奥のスタ
ジオでいともわびしい感じでしたが，いざ吹込がはじまると楽しい
一言につきる雰囲気になりました．日本の歌手とか芸能人とはその態度
生活程度がぜんぜんちがい，とても考えさせられました．

ルイジンニョのことが書かれた手紙

でももっともっと良い感じを持っており、ラテン系の美人です。日本に行きたくって私に会うと日本の話を聞きたがり、私も案外サンバを日本に持って行ったらうけるのではないかと思います。

先日レコードの吹込について行きました。小さなラジオ屋の奥のスタジオでいともわびしい感じでしたが、いざ吹込がはじまると楽しい一言につきる雰囲気になりました。日本の歌手とか芸能人とはその態度生活程度がぜんぜんちがい、とても考えさせられました。（略）ひとたび演奏に入ると何よりも自分達が楽しんでいる様子がわかり、私まで足をふみならしたくなってしまいました。（略）

この間風邪をひいた時注射を打っても薬をのんでも熱がさがらなかったので、Ruth《ルーチ》さんに聞いてニンニクをたべたら一ペンに治りました。ニンニク三つぶをつぶしてレモンの汁を少々と砂糖を入れお湯をそそいでふたをします。ぬるまってからのみます。とても良くききますから一度で充分だそうです。

1960.［9.8.］

ルーチさんと知り合ったおかげで、私は貴重な経験をずいぶんしました。毎日毎日有名な歌手が来てギターと歌の絶えたことがありません。サンバのおふろにつかっているみたいです。コメディアンがギターをひきながらおかしな歌をかたると思えば、アルゼンチンの歌手がタンゴを歌うというほど、変化にとんでいます。このアパート二三〇室の内でいちばんうるさい人たちです。タバコのお金がないから貸してくれといって来る時もあるのに、そんな時でもギターならして歌ばかり。本当にブラジル人らしい人たちです。

ルーチ・アマラル（サンバ歌手、ルイジンニョの母）と

グァイアナーゼス通りのアパート609号室

1960.［10.26.］

帰ったら銀座を歩いて、新宿のあの喫茶店に行って、と月並なことだけど、どれほどなつかしいかと楽しみです。オスシをたべて、はまぐりのお吸い物やらヤキトリ、やはり味のこまかい変化にとんだ食物は日本が世界一です。（略）私はどうも食意地がはっててどうぞ日本に帰りました折にはウニ、コノワタ等々ゲテモノはそろえておいて下さい。（略）この間めずらしいものを食べました。日本ではとてもとても高級で手が出ませんが、朝鮮あざみ。ごはんにたき込むととてもオツな味になります。また食物の話になってしまいました。

この前の土曜夜十一時頃もう寝ていたら、いきなりパンパンとピストルの音がこのグァイアナーゼス小路にするので、いそいでベランダに出てみました。ブラジルにはよくある三角関係らしく中年の女の人がワイワイ泣いていて、一人の男の人が倒れているの。もう一人男の人が泣いてる女の人をつかまえているのです。ものすごいスリル！　それでも案外速くポリスがやって来ました。そしたら二台目のパトロールカーが別の四つ角で他の車と衝突、ヤジ馬は両方にたかってワンワンと大騒ぎ。ちょっとした眺めでした。（略）

こんど、日本食レストランで昼食時だけヤトワレマダムになることになりました。私がすれば、食べに行くという人が沢山いるから、へへへへ、せいぜいかせごうと思っています。

1961.［2.22.］

お手紙とびあがって拝見いたしました。読んでいるのを優さん下からのぞいて、今に泣くよ今に泣くよとひやかされました。（略）やとわれマダムは六時から十二〜一時頃まで立ちづめの仕事で、しかもお客様相手の商売で神経をつかい過ぎてノイローゼになりやめてしまいました。（略）ドライブに誘われてでかけましたら、すっかり治ってしまいました。体重が五キロへったのがどんどんふえて、顔なぞは又丸みが出てきました。（略）

私達も給料未払のものがだいぶあるので、それをもらわなければこの国を出られません。今のところの予定では六月頃この国を出るつもりでおります。（略）こんなことですから、おみやげもなかなかまわりませんから、せいぜいヨーロッパの写真ぐらいがおみやげと思って下さい。

1961.［5.5.］

今こちらは秋でも日射しが強く、日中街の中を歩くと干物になるのじゃないかと思います。ウドのサラダとかサザエを食べたい。（略）七月八日の船の切符を買いました。リスボンまで行ってそれからどうなるかしら。二ヶ月位ヨーロッパをまわるつもり。（略）大変申し訳ありませんが、持って来たキモノは全部売っちゃいました。みんな売っちゃうつもりです。今リストを作って方々に買い手をさがして歩いています。レイゾウコも電気炊飯器もアイロンもどうもすみません。でも思いきりがいい方なので、優さんおどろいています。着物売ったお金の中から革のコートを買いました。これはどうしても欲しくて夢にまで見てたものですから。

リスボン到着を知らせる絵はがき
1961.7.21.

＊手紙は、読みやすさを考えて、表記を変えたり読点を入れたりした箇所があります。

ヨーロッパを9000キロ走った車ルノー4CVと

こうしてブラジルを出国、船でリスボンに到着。車でヨーロッパを旅した後、ローマから飛行機を乗り継ぎ、ようやく日本に帰りついたのは、その年の十月のことだった。

ブラジルに渡る。新しい世界との出合いをしてそこで学んだこと。imagination《イマジネーション》がないと人は生きていけないということ。そのimaginationは即生活にひびいてくるのです。全く違う世界、言葉の通じない世界では、この、人の持っているimaginationの力が総てです。お互いに想像しあえる。そこに親密さが生まれてくるのです。

私は、グーグルアースを立ちあげ、（略）（ストリートビューで見ると）私たちの部屋六〇九号室の窓も、お日さまの光をあびて輝いていました。とたんに目から涙が……。（略）当時の通りのざわめきが耳に聞こえてきました。ジエラドール（管理人）さんまで、入り口のドアに寄りかかって立っています。当時の人とは違うと思いつつも、そのポーズがそっくりなのに、また涙です。

（『ルイジンニョ少年 ブラジルをたずねて』二〇一九年復刻版あとがきより）

水平線

二か月の間、わたしは船の上から毎日水平線を見てくらしました。それ以来わたしの心の中には、いつも水平線があって、それをはずしては、自分が考えられないようになっていました。わたしにとって水平線というのは、いつもなにかが始まるところでした。

（『ブラジル、娘とふたり旅』より）

本を読んでいると、ページごとに、水平線があらわれる。

目をあげると、はるか遠くに、すうっと一本の線が光り、青い空と海を二つにわけていました。

（『魔女の宅急便』より）

鎌倉、由比ヶ浜の海。波の音、泡の音、風のうねり、トンビの声……ちっとも飽きない

初めての旅 ルートマップ

ブラジルを目指した赤ルート、帰国までの青ルートを入れた世界地図。

＊地図上にある国名は、旅で訪れた主なところ

ひとたび旅に行こうと決めたら、わたしはこんなぐあいに生活を変えてしまうのです。

まず、衣服は新しく買わない。健康を保てるほどの食べものさえあればいい。キャベツのしんまで食べる。古い冷蔵庫には、絶対にこわれないようにおまじないをかける。そして、この生活は少なくとも二年間は続くのです。

（『ブラジル、娘とふたり旅』より）

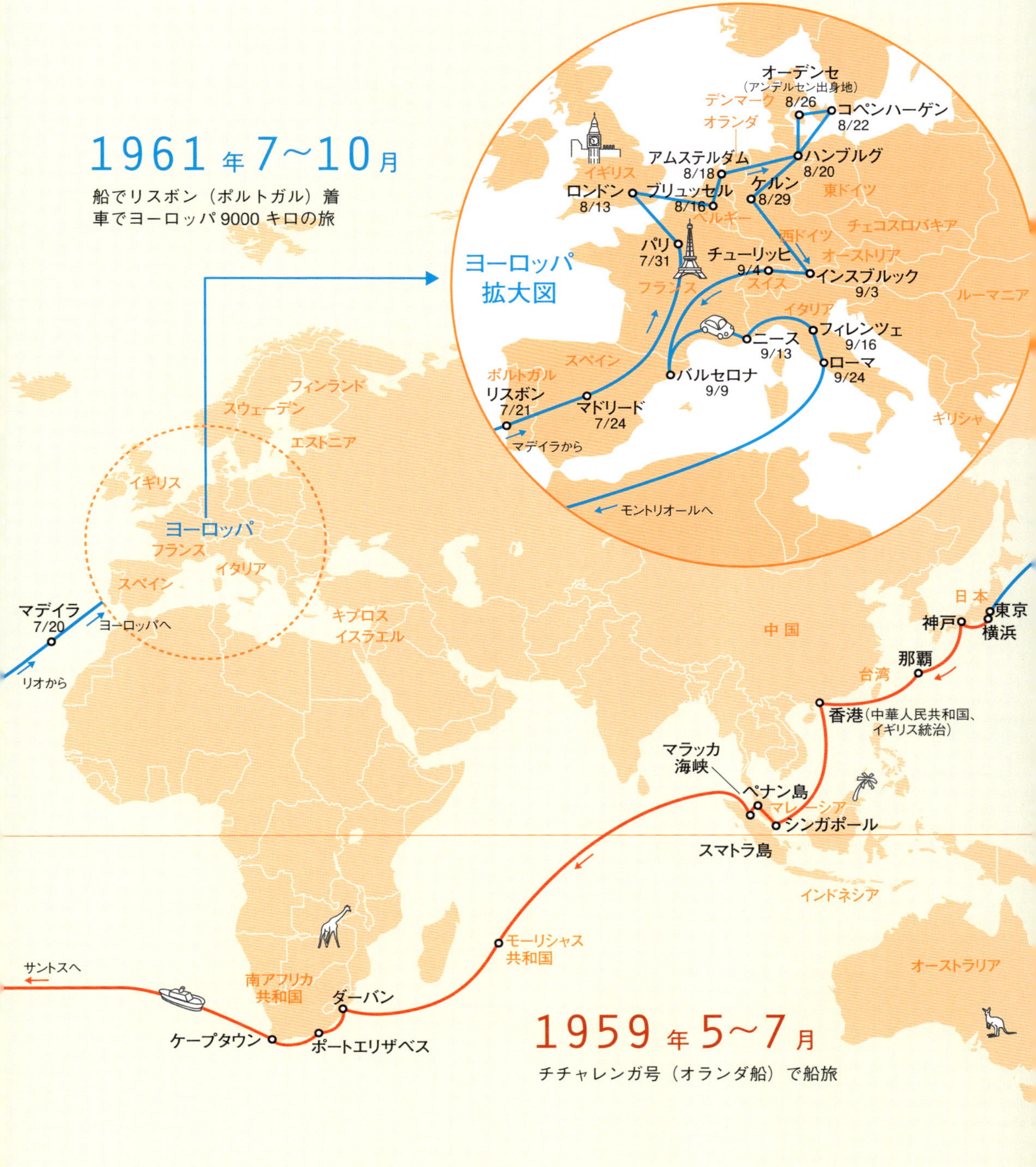
1961年7〜10月
船でリスボン（ポルトガル）着
車でヨーロッパ9000キロの旅
ヨーロッパ
拡大図
オーデンセ
（アンデルセン出身地）
デンマーク
8/26
コペンハーゲン
8/22
オランダ
ハンブルグ
8/20
アムステルダム
8/18
イギリス
ケルン
8/29
ロンドン
8/13
ブリュッセル
8/16
ベルギー
東ドイツ
西ドイツ
チェコスロバキア
パリ
7/31
チューリッヒ
9/4
オーストリア
インスブルック
9/3
スイス
フランス
イタリア
ルーマニア
ニース
9/13
フィレンツェ
9/16
ローマ
9/24
スペイン
ポルトガル
バルセロナ
9/9
リスボン
7/21
マドリード
7/24
ギリシャ
マデイラから
モントリオールへ
フィンランド
スウェーデン
エストニア
イギリス
ヨーロッパ
フランス
イタリア
スペイン
マデイラ
7/20
ヨーロッパへ
リオから
キプロス
イスラエル
中国
日本
東京
神戸
横浜
那覇
台湾
香港（中華人民共和国、
イギリス統治）
マラッカ
海峡
ペナン島
マレーシア
シンガポール
スマトラ島
インドネシア
モーリシャス
共和国
オーストラリア
サントスへ
南アフリカ
共和国
ダーバン
ケープタウン
ポートエリザベス
1959年5〜7月
チチャレンガ号（オランダ船）で船旅

IV そして旅、旅、旅

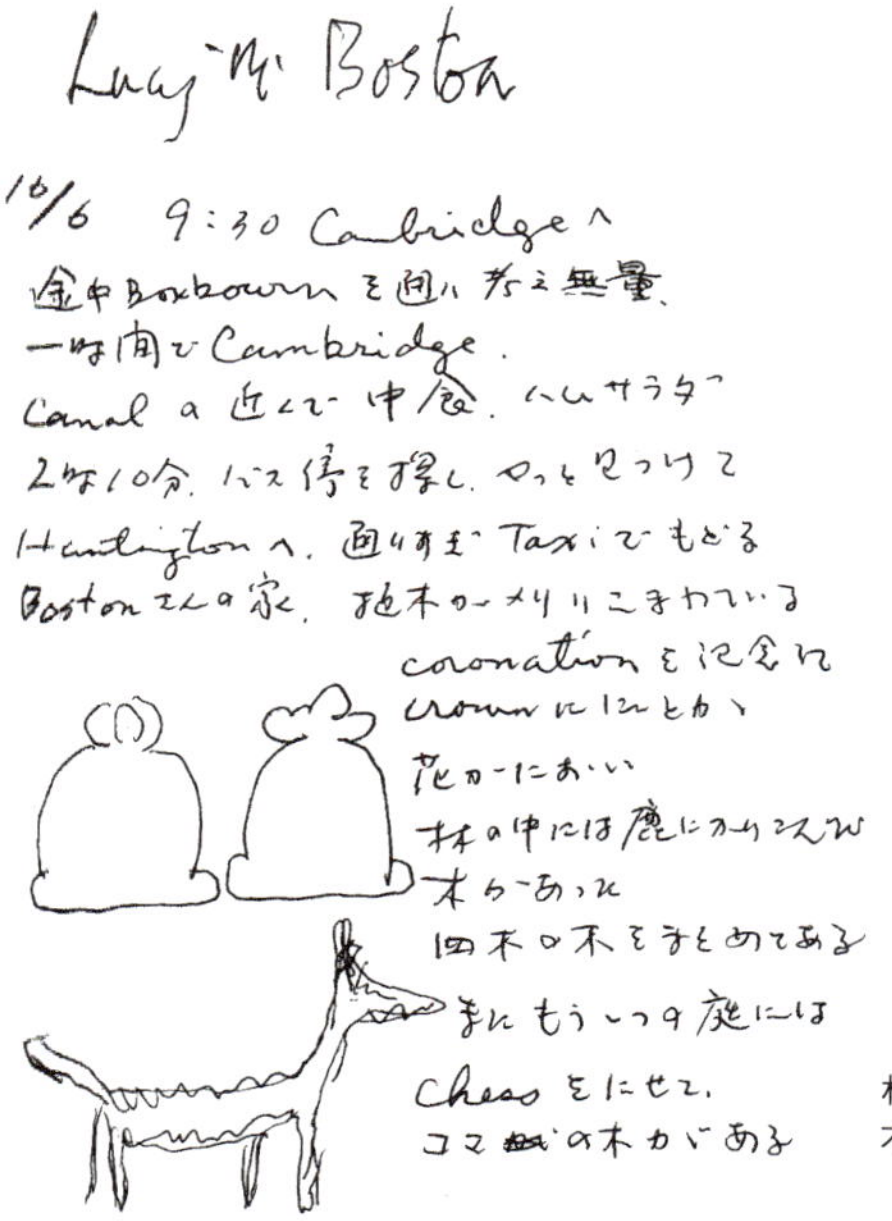

Lucy M. Boston
10/6 9:30 Cambridge へ
一時間で Cambridge.
Canal の近くで中食. ハムサラダ
2時10分. バス停を探し. やっと見つけて
Huntington へ. 通りすぎ Taxi でもどる
coronation を記念に
crown にことか、
花がにおい

四本の木をまとめてある
また もう一つの庭には
Chess をにせて.
コマ の木がある

林の中には鹿にかりこんだ
木があった

ルーシー・ボストンさん訪問記

ロンドン

ブラジルから帰国後、ノンフィクション『ルイジンニョ少年　ブラジルをたずねて』が出版され作家デビュー。さらに一九八五年『魔女の宅急便』が発売されると、高く評価され数々の文学賞を受賞。その翌年、角野は三か月の予定でロンドンへ渡る。フラットを借り、語学学校に通い、その後の友人となるベレーナと知り合う。滞在中、児童文学作家のルーシー・ボストン（「グリーン・ノウ」シリーズ）やフィリパ・ピアス（『トムは真夜中の庭で』）にも積極的に会いに行く。

お天気は大変わるい。毎日何度か雨がふり、かみなりがなり、陽がさし、風が吹く。それなのに、天気予報はちゃんとやり、しかも何回もくりかえす。

旅支度

今日はbank holiday《バンクホリデー》。bank holidayとはなんぞや。私の創作——昔、大英帝国は世界中からお金が流入していた。あまり入りすぎてどうにも勘定が間に合わなかったので、bank holidayにして数えたのではないか。

英国はfantasy《ファンタジー》の国か……それともpolitics《政治》の国か……。その両方だとするとどういうことか。

12月3日、月、
バージン 901便
遅れる、1時間.
tkts
レスタースクエアーの
チケット売場裏口

レスタースクエアの
チケット売場裏口

ひとになんていわれるか、いつも気にして生きるのはいやよ。やりたいことはどんどんやってみたいわ。

（『魔女の宅急便』より）

ほんのコラム③

「いたずら歩き」

"Peter Pan in Kensington Gardens"
by J. M. Barrie
Illustrated by Arthur Rackham
1906, Hodder & Stoughton

五十歳を過ぎてから、たまらなく一人旅がしたくなって、ロンドンに出かけた。名所巡りも悪くないけれど、それより、子どもの頃から大好きないたずら描きのように、勝手気ままにロンドンの街を歩いてみたいと思った。

チーズとパンと水を携え、時にはフィッシュ・アンド・チップスを買って、公園のベンチで食べて、あっちの道、こっちの道と、気の向くままに、日の暮れるまで歩いた。

足が止まってしまいがちなのは、古書店だった。その中の一軒のおじさんと顔なじみになった。いつも大きな体を揺り椅子に乗せて、揺らしている。狭い店内は全く秩序なく、ゴタゴタ。壁に沿って並んだ本棚からは大量の本があふれ、揃えもせず床に重ねておいてある。そのせまーい隙間に、大きなラブラドールレトリーバー犬がでんと寝そべっている。店の主はいつも同じベージュのセーターに、グレイのジャケット。寝癖のついた頭。絵に描いたような、古本屋のおじさんだった。私は三日にあげず出かけていった。おじさんは吸ってるタバコの煙をふんと揺らして、挨拶がわり。全く自由にさせてくれた。

一冊欲しい本があった。値段は考え込んでしまうほど高い。J・M・バリ作『ケンジントン公園のピーターパン』。アーサー・ラッカム絵、一九〇六年刊とある。このラッカムの多色刷りの挿絵がすばらしい。巻末に、四十九枚集めて載せてある。

「コレ、初版本ではないでしょ？」ケチをつけて、なんとか安くしてもらおうと、試みる。「いや、その頃は初版本とは明記しないんだ」おじさんはきっぱり。

日を改めて、私はまた聞く。「見つけたわ！ここ見て、折りじわがついてるわよ」すると、おじさんはギョロッと目をむいて言った。「私が、それに気がついてないとでも思ってるのかい、マム」老練の古書店主に太刀打ちできるわけがない。しょうがない。言い値で購入した。

もう帰国も近づいたある日、私はまたその古書店に座り込んでいた。いい加減にしないと、深みにはまって身を滅ぼすよ——私は自分にそう言い聞かせる。わかってる。見るだけだから……。しつっこく私は本に埋もれて座っていた。すると、一冊の奇妙な本が目に入った。開くと、挿絵は版画で、とっても精緻な出来だった。表紙には『マッドマンの太鼓　ウッドカットの物語』*リンド・ウォード作とある。物語の舞台はアフリカらしい。見事な版画だった。どうしても欲しい！　私はできるだけさりげなく聞いた。「これ、いくら？」すると、「そんなの、いくらでもいい」と、あっけないほど気の無い返事。ほぼ十ポンド。ラッカムの百分の一ほどの値で手に入れることができた。

帰国して、それも何年も経って、私は荒俣宏さんの『絵のある本の歴史 BOOKS BEAUTIFUL』（平凡社）という本を見た。すると、その中に、この『マッドマンの太鼓』が入っていた。雑然としたロンドンの古本屋、おじさんの声が甦る。「あのとき、おじさん、いくらでもいいよ」って言ったよね。私は思わずにやっと笑った。

*日本では、『狂人の太鼓　木版画による小説』（国書刊行会）として二〇〇二年に出版された。

"Mad Man's Drum" by Lynd Ward
1930, Jonathan Cape

魔女をたずねる旅

『魔女の宅急便』が出版されたころから、魔女のことをよりよく知りたいと、ルーマニア、ドイツへと出かけていく。

魔女にとって大切な薬草マトゥラグーナを採りに山へ行った

マトゥラグーナ
根は人の形をしているといわれる。
山の中は牛のふんやら水やらぬかるんで坂をあがるのは大変。
マトゥラグーナを探すのは大変だった。
見つかったとき魔女はキスをしたり抱きかかえたり大変な喜びようだった。
適当なところで折合をつけて欲しいと思っていたのがはずかしい。

マトウラグーナ
根は人の形をしているといわれる
山の中は牛のふんやら水やら
ぬかるんで坂をあがるのは大変
マトウラグーナを探すのは大変だった。
見つかったとき魔女はキスをしたり抱きか
かえたり大変な喜びようだった
適当なところで折合をつけて欲しいと思って
いたのがはずかしい

7/8
マラムレシュの山間の村
とてもおいしい清水のわき出る所
この水はのむと、ミネラルの存在がわかる
ガスが入っているみたい
Botigaという村。

マラムレシュの山間の村

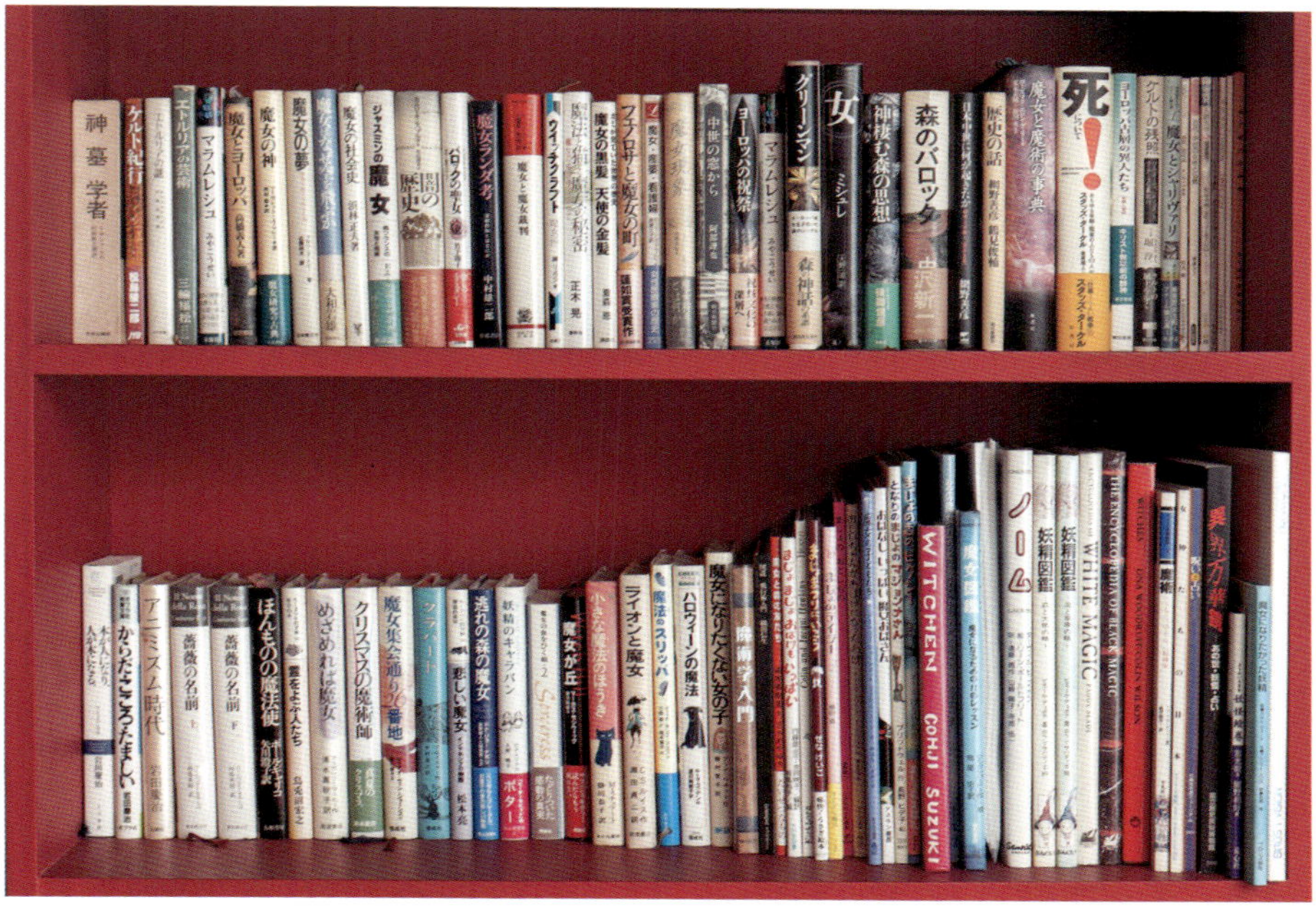

魔女関連の本

ルーマニア・マラムレシュ地方

ウィーン行きの列車に乗る。だんだん開けた国、場所に近づいていく。でも開けたということは、どういうことなのだろう。マラムレシュの女の子たちのあの美しいほほに光るうぶげ……あの、この世のものとも思えないかわいい表情の中に、文明が進んだ遅れたなんて同じ次元で語ることができるのだろうか?

客間は色とりどりのじゅうたんで飾られ、ししゅうされたタオルまくらが置かれている。でも床は白っぽくほこり。すみにはぼろ布が何に使うのか置いてある。きれいに洗ってもいないし。台所もハエがいるところに食べ物が置いてある。水道もない。トイレに至っては戸外で、コエダメとでもいっていいほどのつくり。

でもお客さんは即刻まねかれ、ツイカ（あんずのお酒）をふるまわれ、肉ダンゴやサラダが出てくる。満面の笑みを浮かべて「よく来たね」という。このような美しさやさしさを私は知らない。遠慮、気を遣うということが全く必要がないというのは、私の生活の中にはないような気がする。人をもてなす、この意味を考えてしまう。

ドイツ・ブロインリンゲン　魔女祭り（ファスナハト）

いよいよまきに火がつけられる。あっという間にアーチ型に組まれたまきまで燃えうつる。

アーチが燃え落ちると、その火の上を魔女がとびはじめる。初めは火が高いのでほうきの柄を棒高跳びの棒のようにしてとぶ。高く高くあかい火のほのおの上を次々と魔女がとぶ。それはシルエットのようになって美しい。こちら側は冬。火をとびこすことによって、むこう側に春をはこぶという意味があるのだという。

火が少し下火になると、足でとんでいく。ぽーんと高くとぶもの。ちょっとおどけて、おしりをふりながらかけぬけるもの。火がまた少し下火になると、二人連れだってこえるもの、乳母車を押してこえるもの、乳母車に魔女をのせ、もう一人の魔女がそれを押していくもの。もっと火が下火になると、まわりの子どもなどを抱いてこえるもの。

その間まわりの見物人は歌をうたったり手をつなぎながら体を動かしたりする。魔女はそのまわりを動きまわって、見物人のかみの毛を、手でもじゃもじゃにしたりしてからかう。

Narro《ナロー》, Narri《ナリー》と祭りのかけあいことばがとびかう。

火をとびこして、魔女は春をはこんでくる

火が燃えつきると祭りも終わり。ものすごい迫力あり。同時にいいしれぬ感動がある。

このお祭りは組織化されてから百年、でも一六〇〇年頃から始まったという。

ドイツ語で「魔女」はヘクセ（hexe）

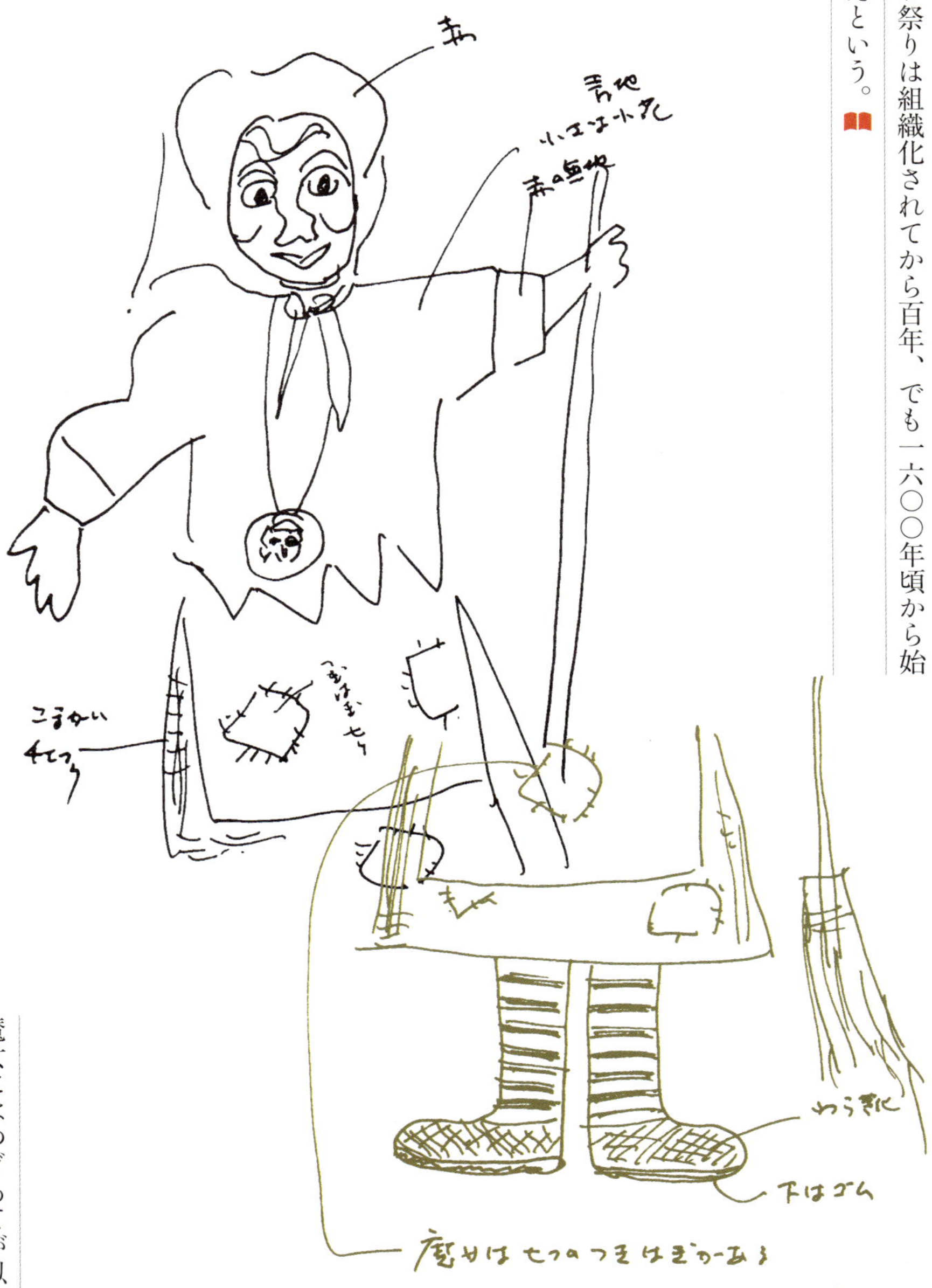

魔女にはつぎあてが似合う。

魔女役は、男の人。昔、女の人は祭りに参加できなかった

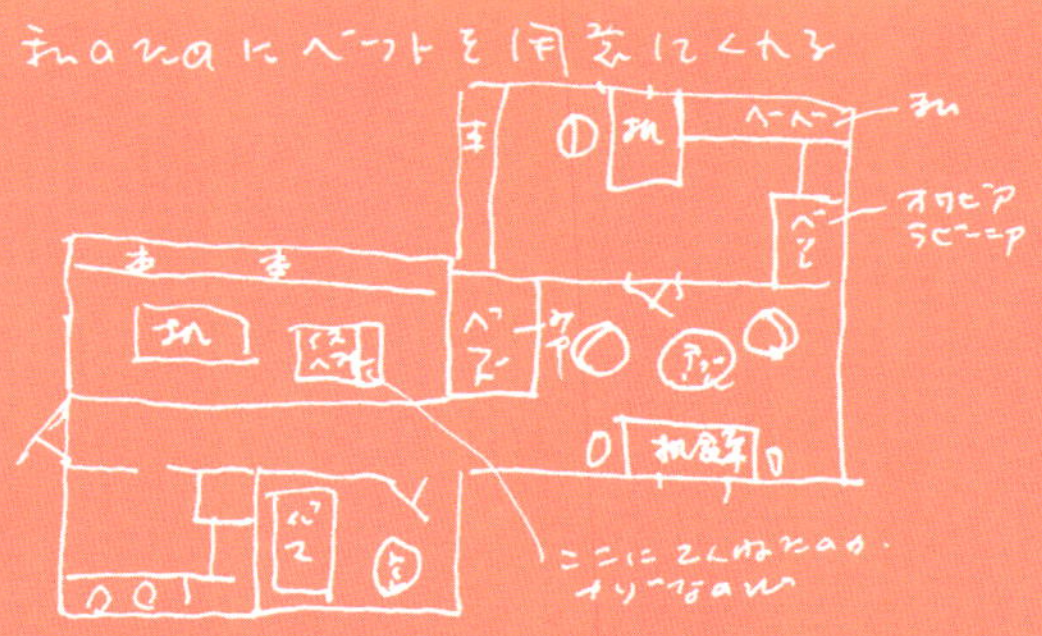

アンドルの家

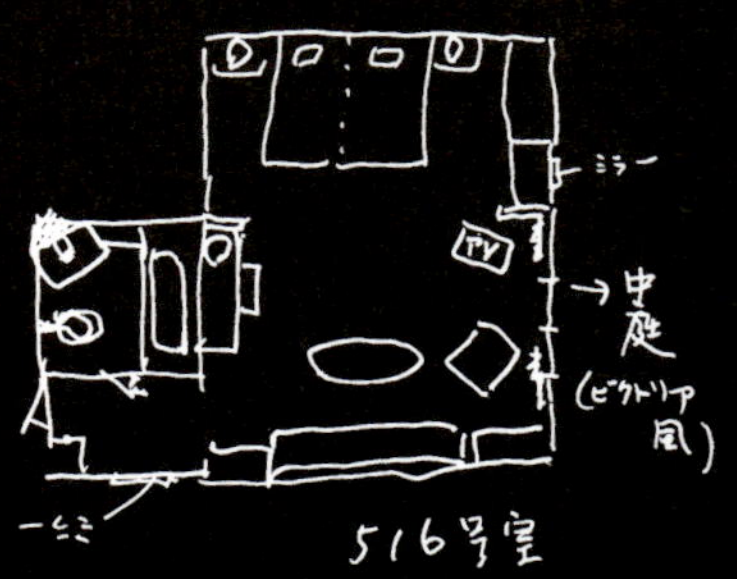

間取りが気になる！

旅の記録の代わりに、手帖に絵を描くことにして、泊まったホテルの部屋から始めた。

海につきだしたバンガロー風
ホテル　素晴らしい眺め

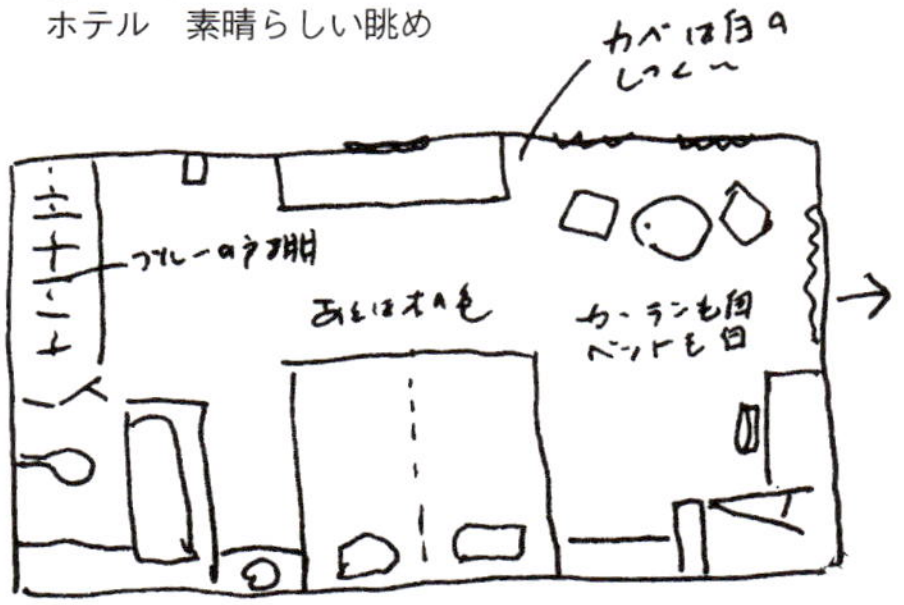

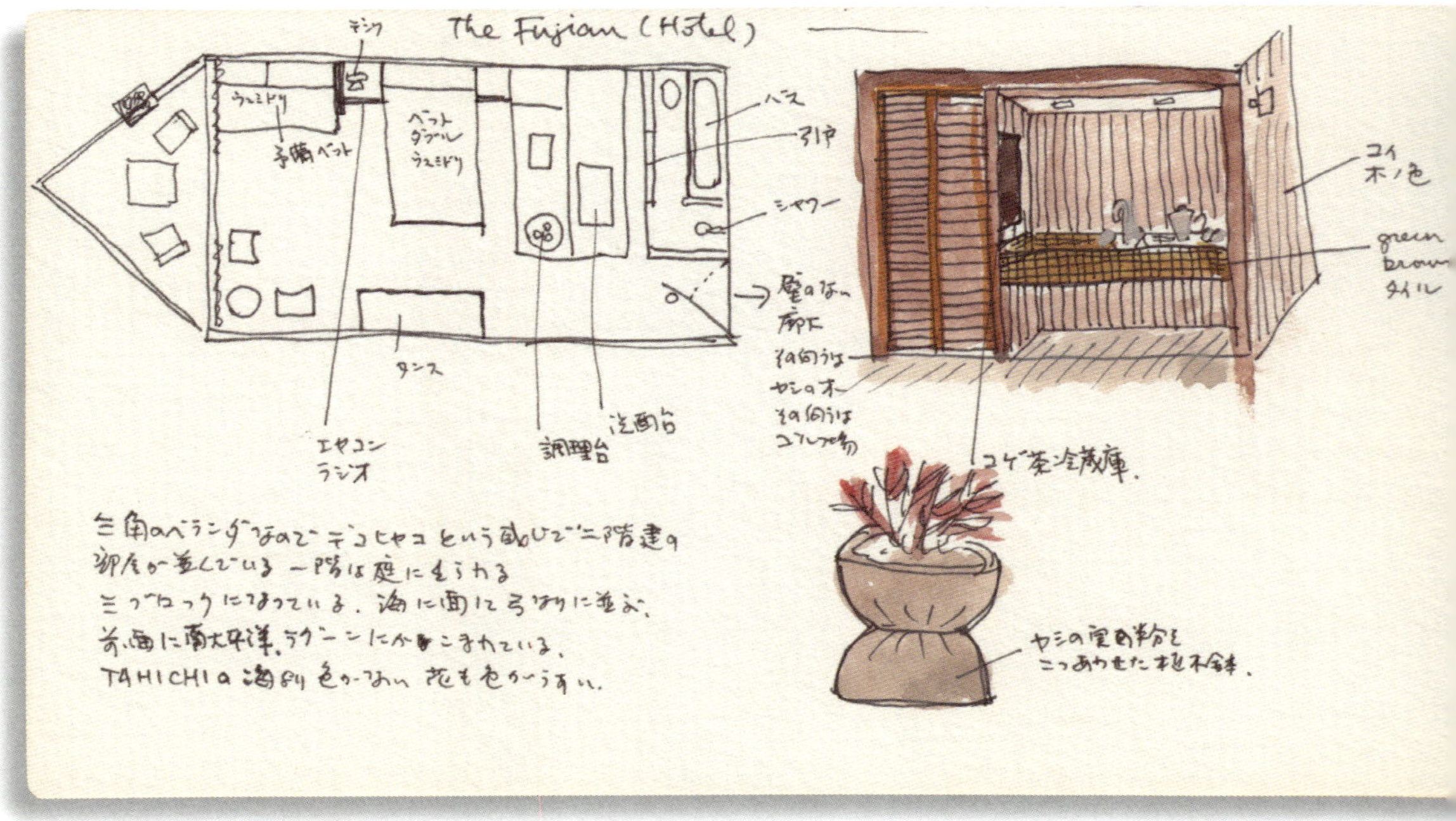

スケッチブック（フィジー）

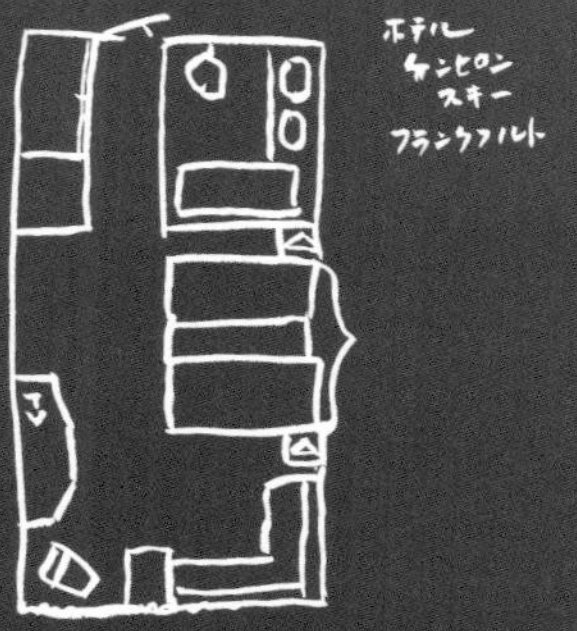

芝生の庭に、うさぎの親子

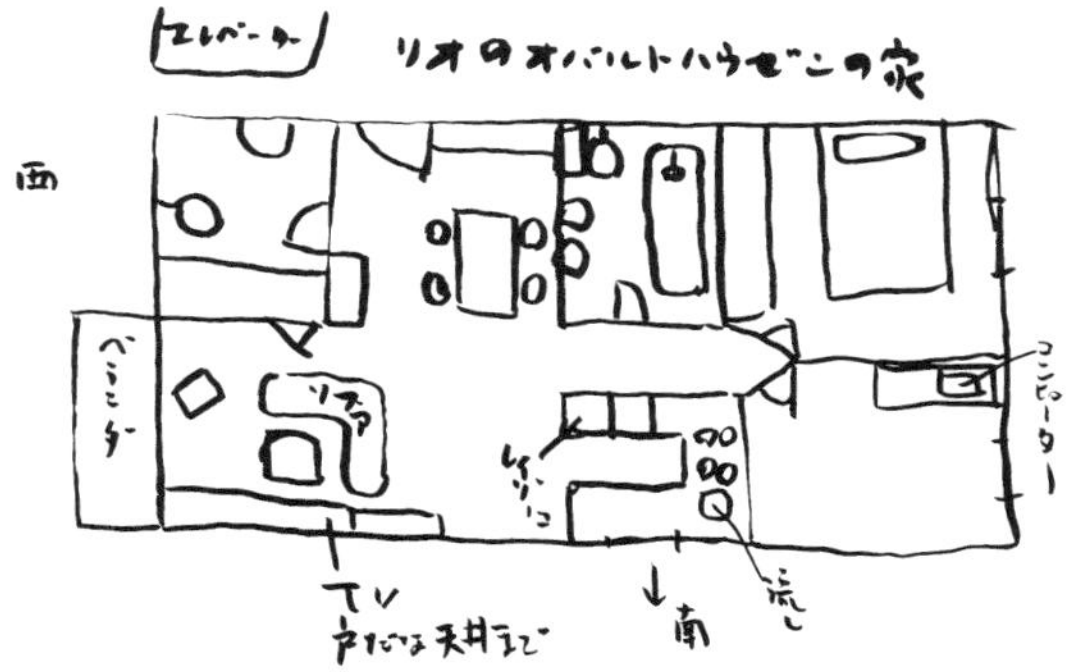

夕食は、カンジャスープ、アスパラオムレツ
トリの煮込み、フルーツサラダ ペーラのコンポート
コーヒー おいしかった これもこの旅で一番

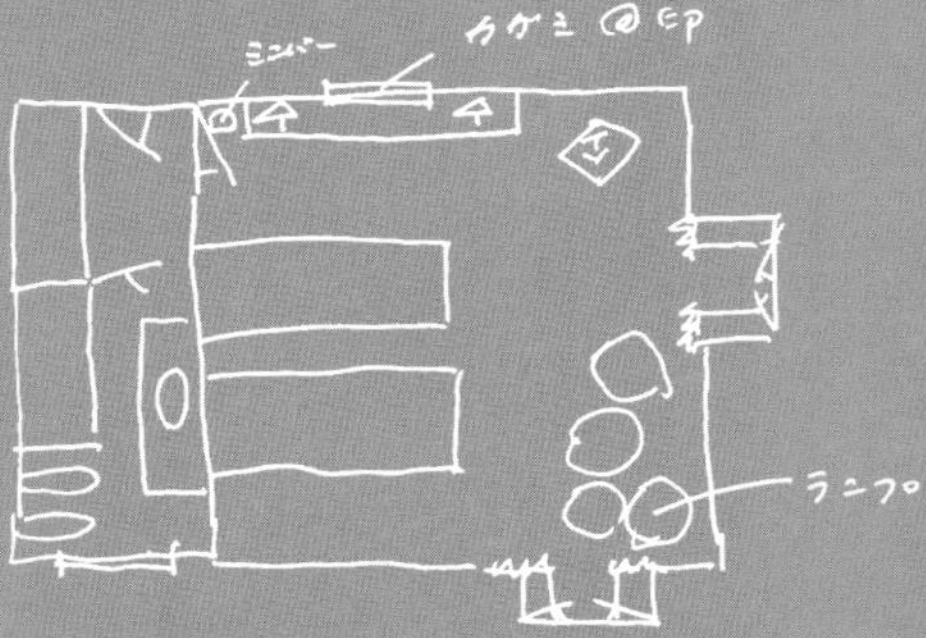

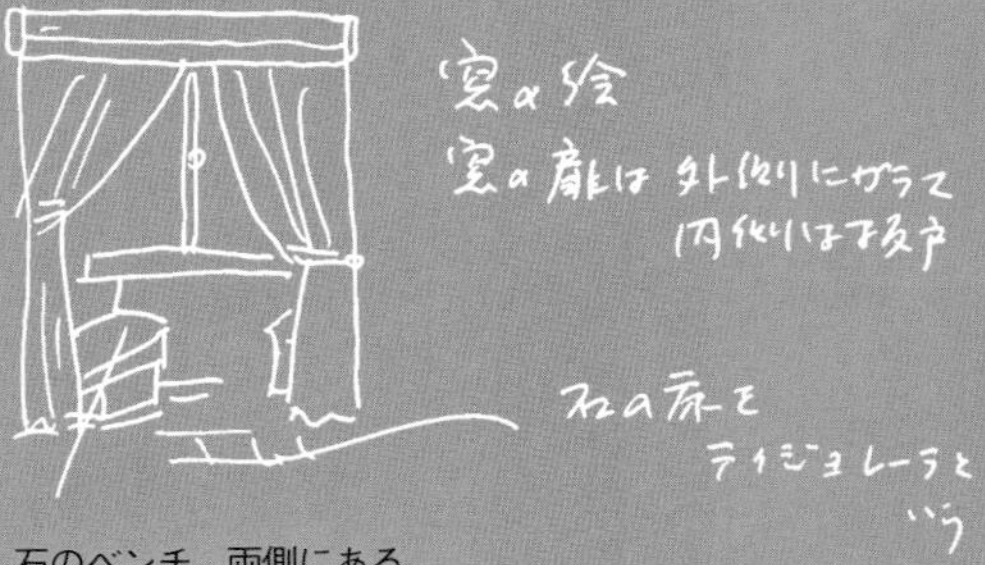

石のベンチ　両側にある
ここにすわって外が見られる

←テージョ河

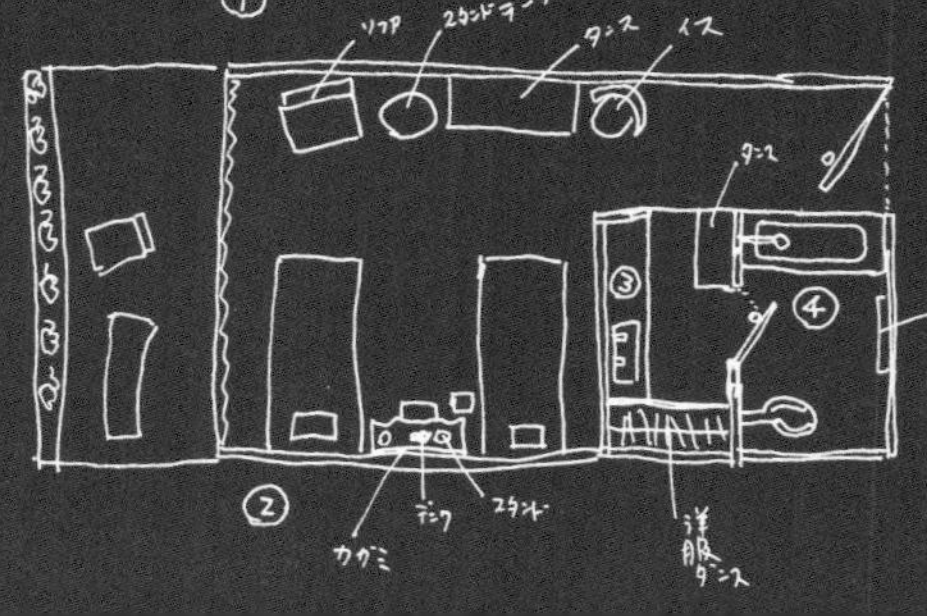

ポルトガル

ポルトガルは、ブラジルよりずっと近くて、ブラジルで覚えたポルトガル語が使える。それに、なにか懐かしい。

リスボンの路面電車はエレクトリコという。町を東から西へくし刺しのように走っている28番は、墓地からサンジョルジュ城の山まで、昇ったり降りたり、道はとても狭い。やっと車とすれ違えるほど。しかも時にはびっくりするほどスピードを出す。まがりくねった道をきしむような音を立てて走る。この古いまんまの車輪の音はとってもなつかしさを感じる。一九六一年最初に来たときと全く変わらない。

リスボンのジェロニモ修道院。廻廊の石の組みレリーフが素晴らしい。よく見ると子どもがいたり龍がいたりヤモリや花もある。子ども心のないもの、うれしがっている心がないものは文化とはいえないのでは？　心に訴えるものにはこれがある。

中世の面影を残す村、オビドスの建物

ケーブルカー、地下鉄のチケットなど

エストレモスのポサーダ*にて。部屋からの眺め。夕方、オレンジ色の光と少し青い色の光がチラホラつきはじめる。だんだん暗い中に家々の形が沈んでいくと山の所から大きな月がのぼりはじめた。みるみるのぼり、山から離れる。まるで風船をあげているのではないかと思った。

＊ポサーダ＝古いお城や修道院などを改修した、ポルトガルならではの宿泊施設

（タクシー運転手さんについて）昨日のトム・クルーズちゃんこと、ビクトリーは、クビをひねってお休み。それで今日は、ハンフリー・ボガートちゃん

アズレージョ

ポルトガルで、なにより心惹かれたのは、各地で見られる青いタイルであった。

サン・フランシスコ礼拝堂

フロンテイラ宮殿、リスボン

その美しいタイルと出合ったのは五十年ほど前、ブラジルのベロリゾンテにある、建築家ニーマイヤーの初期の作品サン・フランシスコ礼拝堂を訪れたときだった。地は白、藍色で聖人の絵が描かれていた。近代的な曲線ととてもよく似合っていて、美しかった。タイルは十四センチ角なのに、絵はつながっているのだ。つめたい白、どこか東洋的な藍色が実に美しい。あとになって、アズレージョというタイルだと知った。

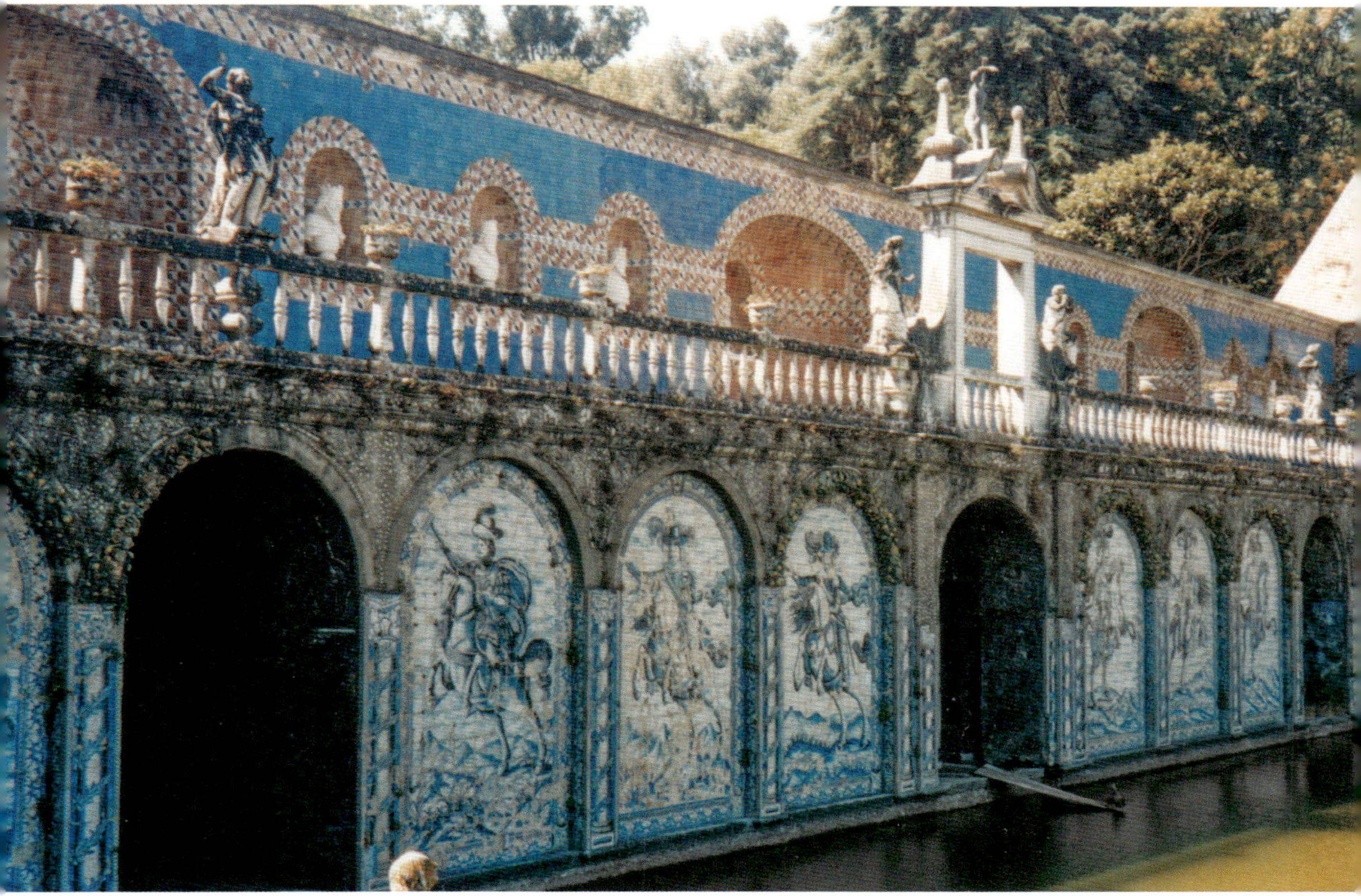

マルケゼス・デ・フロンテイラ宮殿（Palácio dos Marqueses de Fronteira）リスボン
アンデルセンがここの当主と話した記録が残っているという

スケッチブックより

③

②

①

④

PORTUGAL AZULEJOS

①〜③不明
④ヴィゼウの大聖堂（Sé Catedral de Viseu）ヴィゼウ
⑤カルモ教会（Igreja do Carmo）ポルト
⑥エストレモス（Estremoz）駅 エストレモス
⑦ピニャン（Pinhão）駅 ドウロ
⑧不明
⑨サン・ベント（São Bento）駅 ポルト

⑦

⑥

⑤

⑨

⑧

未来を旅する宇宙船なのね、
死後の未来もね……

(『ナーダという名の少女』より)

メモリア礼拝堂
(Ermida da Memória) ナザレ
『ナーダという名の少女』で「ちいさな宇宙船のようなお御堂」として書かれている

こんな感じに
階段の段差にそって
貴婦人の絵がずれている

①サンタレン市場（Mercado Municipal de Santarém）
サンタレン
②③リスボン市内の地下鉄カンポ・グランデ（Campo Grande）駅の壁。古いタイルのコピーを再構成している。伝統と現代アートの接点

もういちど行きたいところ

ノッサ・セニョーラ・ド・カボ教会（Igreja de Nossa Senhora do Cabo）
セジンブラ

思い出ってわたしなの。それをすてたら、わたしもすてることになっちゃう。

（『魔女の宅急便』その3より）

心にのこる風景

宿の窓から見える広い庭の家が実にかわいい。平屋で小さく日本の古い家のよう。庭は広く、イチジクの木など。庭で猫が二匹飽かずに遊んでいる。猫も友だちがいないと成長できないという風景。

昨夜はほぼ満月。夜になると庭にランプがともり実に美しい。窓からの眺めは何度見ても見あきない。

2008イタリア

夜三日月が出て実に実に美しい。夕方が長く、なかなか終わらない空の色の変化。

1995ポルトガル

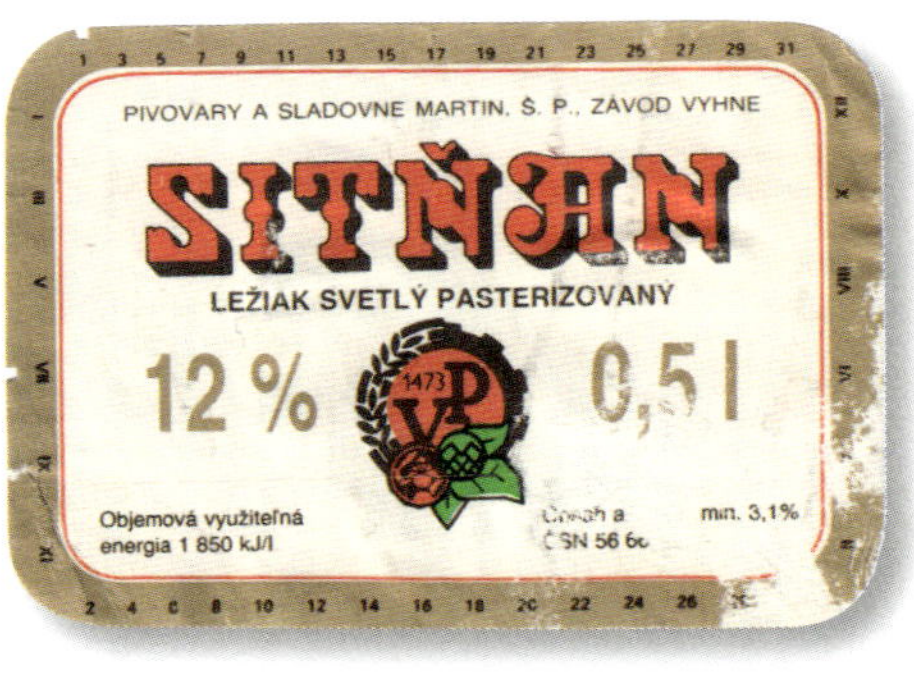

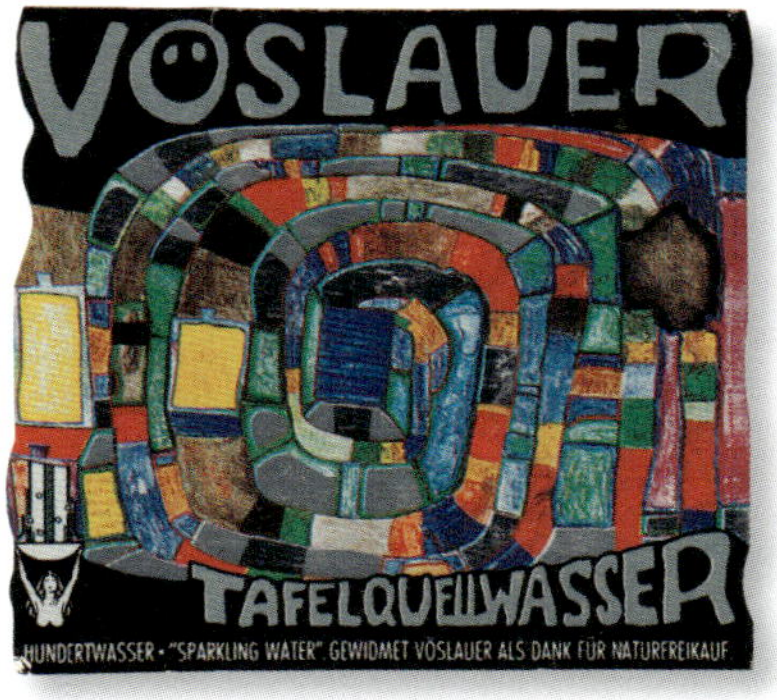

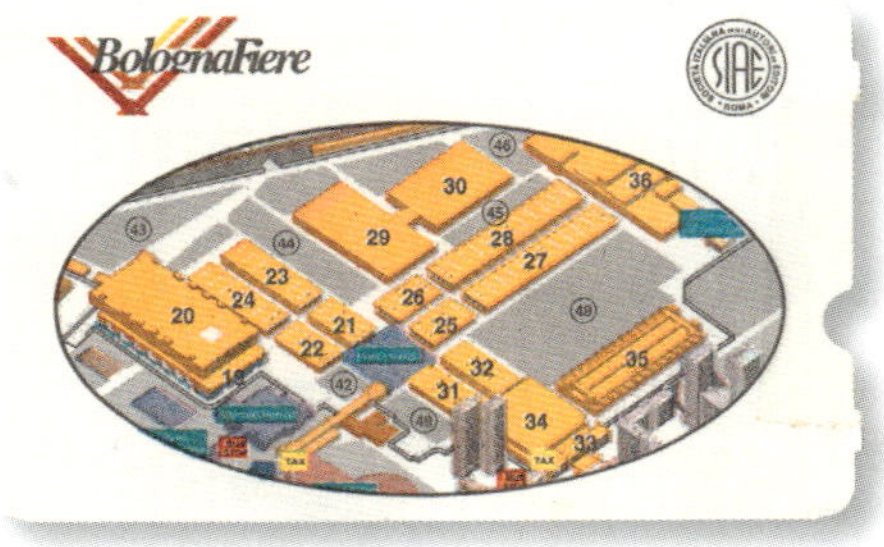

家族で散歩する姿。「さあ、散歩にいこう」とおとうさんがいうのだろうか。それとも、するものと決まっているのだろうか。十才くらいになった男の子を連れている家族もある。子どもとタンポポの野を歩く。自分の住んだ街の重さを抱えて生きていくのだろう。思い出すのはどんな風景か……みんなだれでも持っているけど、私にはレンゲ草の野原と土手があった。

1991ドイツ

ポルトガルの小さな町。細い横丁にはやせた犬がにあう。なぜか猫ではない。

1999ポルトガル

入場券、地下鉄の切符、飲み物のラベルなど

車中の青年
バビロン生まれ　お医者さん

人の顔が気になる！

荷物が積み上がった棚の下の旅行者たち。おつりをごまかす店の人。お世話になった人たち。そして魔女。旅の思い出は、人の顔とともにある。

おつりをごまかそうとしたレジのおねえちゃん

白地に紺とオレンジの花柄の
ブラウス
エリまわりはかぎあみ

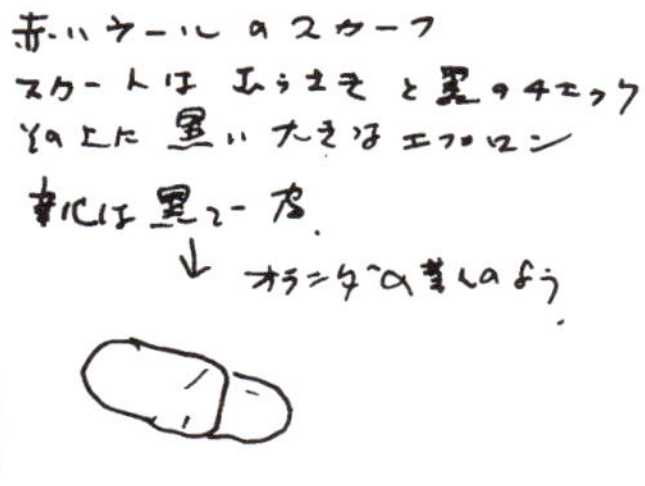

黄土色のチロリアン
ハットがステキ！

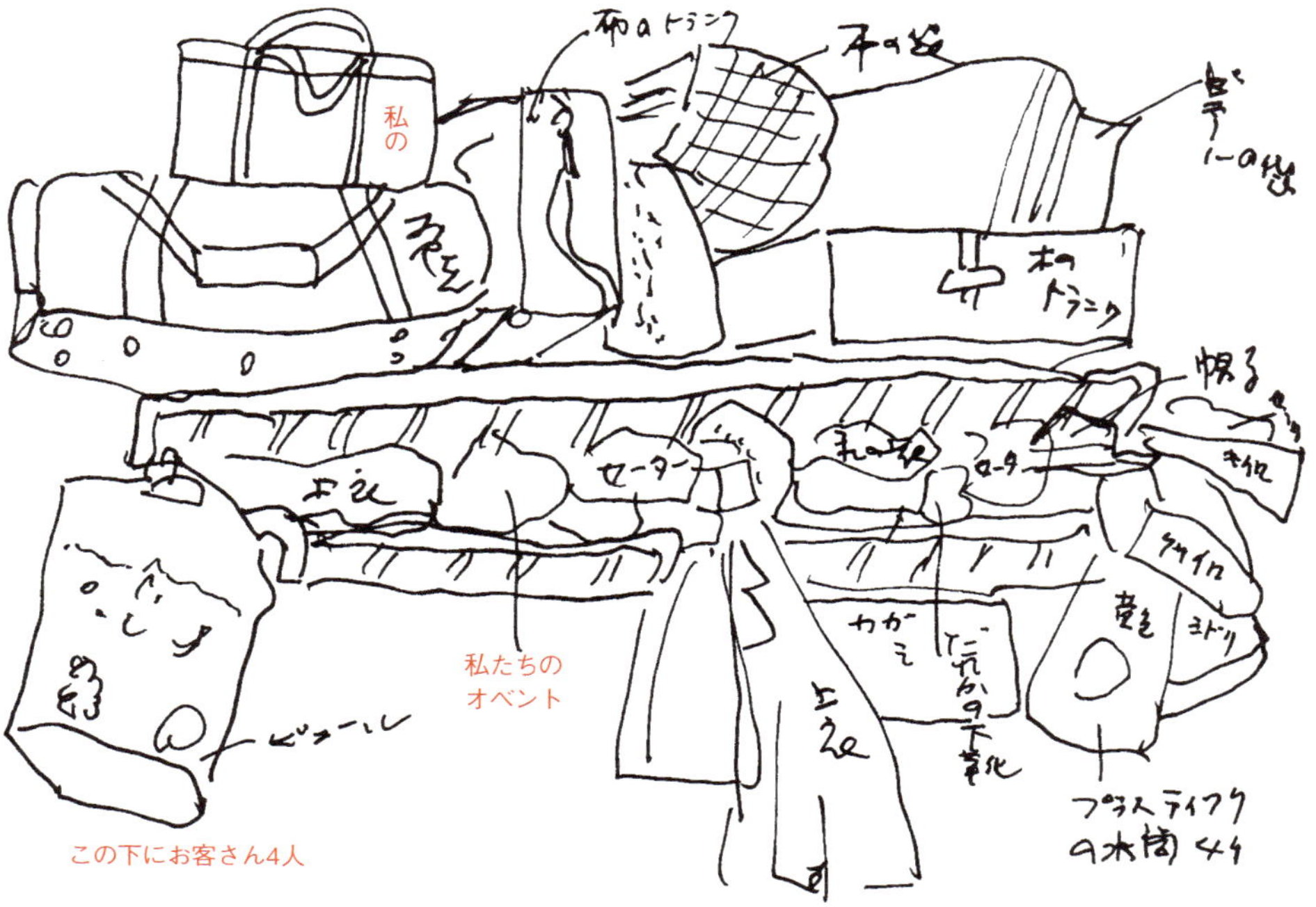
私の
木のトランク
セーター
私たちの
オベント
この下にお客さん4人

白地にストライプの
シャツ
みんな　とても安い料金で
温泉にいってきたのだという

魔女アヌツァ
（76歳）

魔女ニッツァ
（82歳）

旅先から連れ帰ったもの

釣り人の糸が揺れる

1959年ケープタウンにて

枝先に鳥（木製）／ポルトガルの壺

ベラスケス『ラス・メニーナス』の
マルガリータ王女

台座の下を押すと、くにゃくにゃ動くおもちゃ

スペインの陶器人形

フランスの小さな陶器人形フェーヴ。ケーキに
隠し、当たった人は、その日「王様」になる

ゴリウォーグとピエロ

ハンプティ・ダンプティ

二丁拳銃

ポルトガルのアライオロスという町で、床屋さんのウィンドーに並べられていた。店のおじいさんによる手彫り人形

読者から贈られた、手作りのネッシーのおむこさん

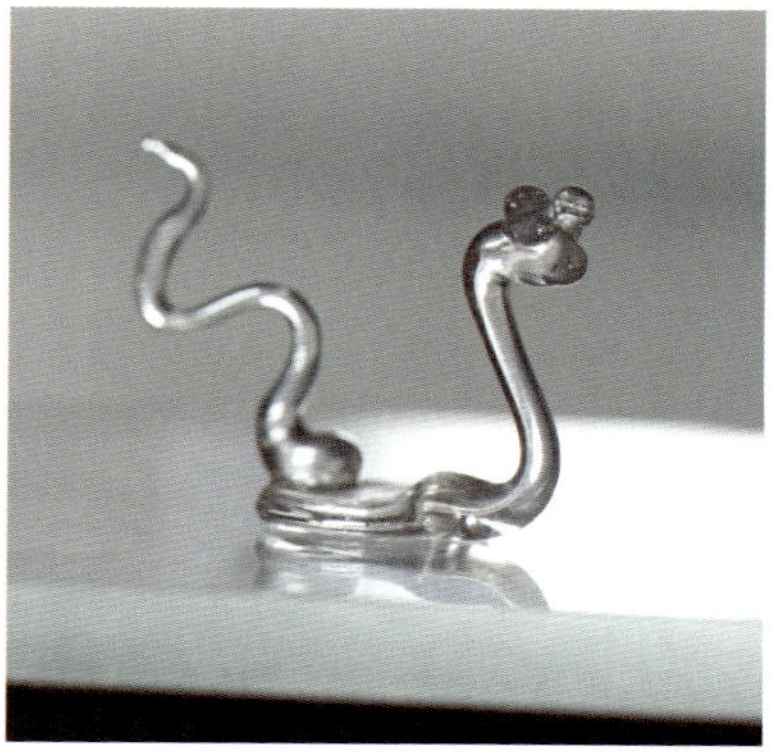

ネス湖のネッシー（ガラス製）

飾り棚は、世界中から集まったちいさくて楽しいものでいっぱい

木の実

アルハンブラ宮殿のかけら

スノードームが好き

おいしいもの食べた！

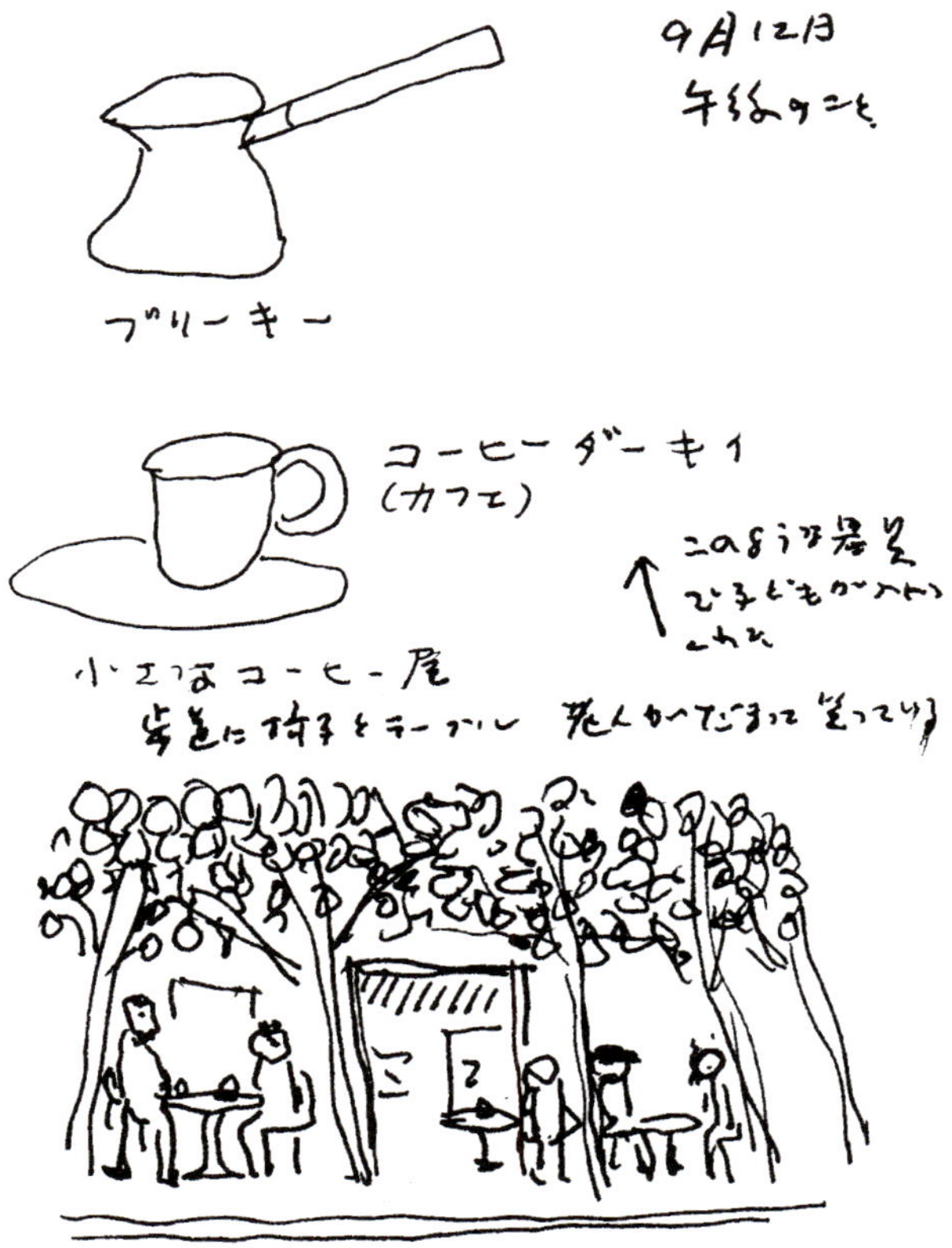

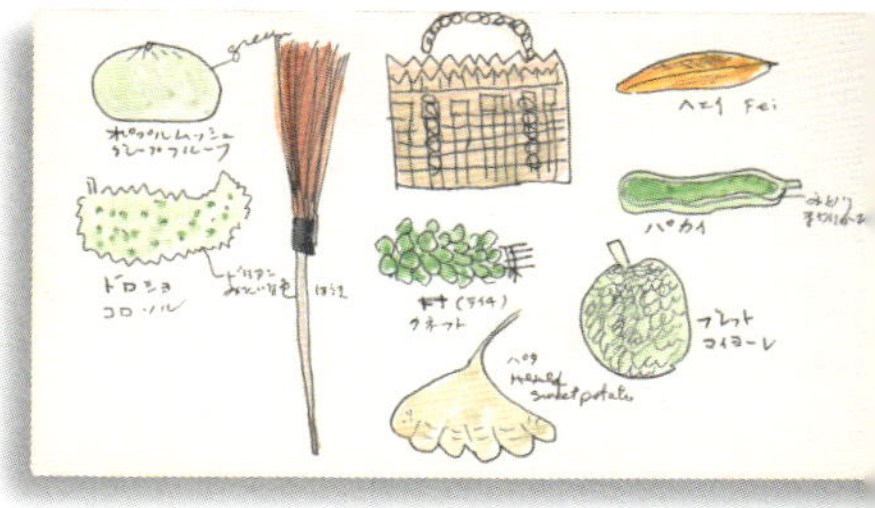

スケッチブック（タヒチ）

トマール（ポルトガル）

食事をしようとどこがいいか教えてくれと町の人にたずねると、細い道の小さなレストランを紹介してくれた。小さいけど実に清潔。アロス・ア・ラ・バレンシアーナ、とり肉、貝、イカ、ソーセージ、豆と米をトマト風味で煮た一皿、小さな盛りは四五〇エスクード（約千円）すごく美味。この旅で最高。食後にメロン、これも最高。

ロンドン（イギリス）

カフェでマッシュルームのオムレツ。これがイギリスかと思うぐらいおいしい。spring green《スプリング グリーン》というキャベツのまるまらなくて青いままの野菜、大変美味。オクラも美味。

サンチアゴ・デ・コンテスポーラ（スペイン）

バーでスープとサンドイッチ。となりで食べていた人のイワシの空あげが美味しそうだった。

テルアビブ（イスラエル）

ピタパンというパンといろいろなもの。豆のペースト、ナスの揚げたの、ナスを焼いてペーストにしたもの、ナスのトマト煮、ツナとじゃがいも、赤ピーマン、青とんがらしなど。メインは十センチほどの魚の唐揚げ。レモンかけて美味。

リスボン（ポルトガル）

食堂の一番奥に一人の老人が坐って食事をしている。白髪白ひげ、ちょっと堀田善衛風おじいさん。めがねを三つ、テーブルに並べ、赤ワインの瓶を一本（毎日飲んでいるらしい。一度に飲むのではないらしい）、大抵三千エスクードでおつりをもらっている。昨夜はオレンジのシャツがよく似合っていた。顔色は悪いが品がある。立つとき椅子の背につかまってじっと耐える。腰痛であるらしい。奥さんに先立たれさびしい夕食か……この人の一生を想う。ほがらかに笑う日があるのかしら……。

ポファチェ Poffertjes
オランダのミニパンケーキ

V

私は書くのが好きなんだ！

始まりはひとつの風景

心を自由に、きもちよく

私流の仕事の始め方は、まず楽な洋服を着ることから始まります。そして、自分の机に向かい、書き慣れた筆記用具を使います。たいていは、インクの流れのいい万年筆、動きの軽いボールペンで、罫線のない白い紙に書きます。使い慣れた道具を使うことをとっても大切にしています。ちょっと首回りが窮屈でも、ペンの動きがおかしくても、仕事はうまく進まないのです。

向田邦子さんは仕事用に「戦闘服」と名付けてゆったりとした服を誂えてたそうですが、その気持ちはすごくわかります。まず、日常的なことから心を自由にすること、意外に思われるでしょうが、「これから私は童話を書くんだ」と思わないこと、そして「だれにも見せない」と心に決めることです。

たいていの人は、童話を書こう、と思うのです。ちいさいときからお話は聞き慣れているので、「昔むかしあるところに」から始まるというような、物語の形への思い

6ページの赤い小箱は、開けると女の子が飛び出してくるしかけ

仕事に夢中になると、お昼ごはん
の時間は少しズレる

こみがどうしてもあるのです。この際それは全部とりはらってしまいましょう。童話を書くんじゃなくて、自分が楽しいと思うお話を書くのですから。そして、頭の中に人が読むという気持ちを持たないこと、これはとっても大事です。自分が好きだから書いてるのであって、見せようとする気持ちもまた、その人から自由な気持ちをなくしてしまいます。人はどう思うだろう、こんなの童話って言わないんじゃないかしら……、そういう思いにしばられがちだからです。世の中のいろんなことから自由にならないと、あなたらしい作品は生まれてこないでしょう。創作なんですから。自分が世の中に初めて作り出していくたったひとつのものなんですから、それに最初から決められた形がないのは当たり前でしょう？

　自分は好きだから書いているんだ、というふうになれない人は、ちょっとむずかしい。なかなかいいものは書けないでしょう。これは断言できる気がします。上手下手は別として、自分が気持ちよく楽しく書けたことに勝るものはありません。自分がほんとにつまらないと思ったものは、絶対人には見せないほうがいい。「うまく書けなかったんですけど、期日があって出しました」という人もいるけど、本人が満足していないという作品を見せられても、困ってしまう。少なくとも自分の中で合格点をとったものにしないと、作品に対しての迷いはいつまでも続いていくでしょう。

　そんなふうにして、なんでもいいから書く。書けなかったら、絵でも落書きでもいい。書くことに身体が慣れるように、毎日毎日書くことです。「きのう三枚書いたから、きょうはもういいわ」ではなくて、とにかくコンスタントに書く。そうやって、考えるスピードと手の動きが、同じ速度になるのに慣れる。これは、私の経験からいって、とても大切です。

ぶたのおばさん（エジプト博物館）

私は書くのが好きなんだ！

私自身のことをすこしお話ししましょうか。二十四歳から二年間ブラジルに住んでいたので、大阪万博の前の年に、ブラジルの子どものことを書いてみないかと、大学の先生を通じてお話があったのです。でも、自分が書くなんて思いもよらなくて、私がお話ししたら、だれかが書いてくださるとばかり思っていました。「そうじゃない、君が書くんだよ」と先生に言われて書き始めたら、これがとまらない。初めての海外暮らしで思い出がたくさんあるし、若かった私にとって、ブラジルはなにもかもすごく新鮮だったし、書きたいことは山ほどあって、またたくまに三百枚書いてしまいました。

でも編集者に「これではプライベートな思い出の記で、読者にはわかりません」と言われて、七十枚に縮めなければならなくなりました。三百枚を七十枚に縮めるのです。とてもできないと思いました。でも、不安を抱えながら書き直しをしているうちに、ほんとに書くことが好きな自分を発見したのです。何度も、何度も書き直しても、おもしろく、飽きることがなかったのです。こんな気持ちは初めての経験でした。それでこれからずっと書いていきたいと思いました。もう書くことから離れられないと思いました。これが私の初めての本『ルイジンニョ少年　ブラジルをたずねて』（ポプラ社）です。そして、次は物語を書いてみたいと思ったのです。

考えてみれば、ちいさいときから本が好きだったし、父もいろいろ話をしてくれたなあ、と思って、それからはだれに頼まれてもないのに、毎日書きました。ところが、思っ

娘リオさんが、12歳のときに描いた魔女のイラスト。作家心に
インスピレーションを与えた作品

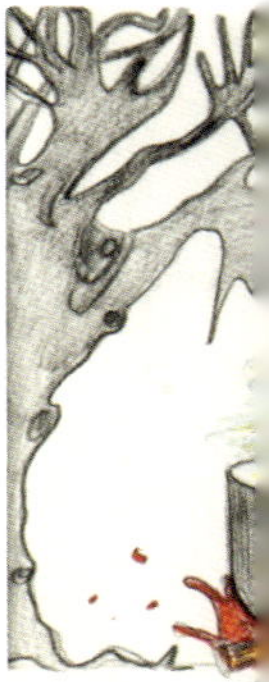

たようにはうまくいきません。ある程度までは書けても、なかなか終わらないんです。途中まで行って新しい話、途中まで書いてまた新しい話、という繰り返しでした。子どもがまだちいさかったので、首から画板をさげてエンピツをもって、子どものあとを追いかけたりしながら書いてました。それでもちっとも嫌にならず、楽しかったのです。

七年たって、終わりまで書けた作品がやっとふたつできました。書きつづけているうちに、物語のうねりのようなものに、自分の身体が慣れて、自然に物語の最後まで行き着けたのです。ひとつは「ビルにきえたきつね」で、もうひとつは「ネッシーのおむこさん」。そこで初めてだれかに見てもらおうかなっていう気になって、前の本を出してくれた出版社へもっていき、『ビルにきえたきつね』（ポプラ社）が出版されることになりました。もうひとつの『ネッシーのおむこさん』は楽しく書けたのに残念だったなと思って、雑誌（「子どもの館」）に投稿してみたら、採用され、すぐに本になりました（金の星社）。それからやっと私の仕事は始まったのでした。

主人公を追いかけて

『魔女の宅急便』（福音館書店）は、きっかけがありました。娘が、ホウキにのってる魔女の絵を描いていました。ホウキにラジオが下がってて、音符が吹き出してる。

『魔女の宅急便』のキキが暮らすことになるコリコの町のイメージ。物語を書き始める前に、絵を描くことが多い。絵を描いているうちに、ストーリーが動き始める。

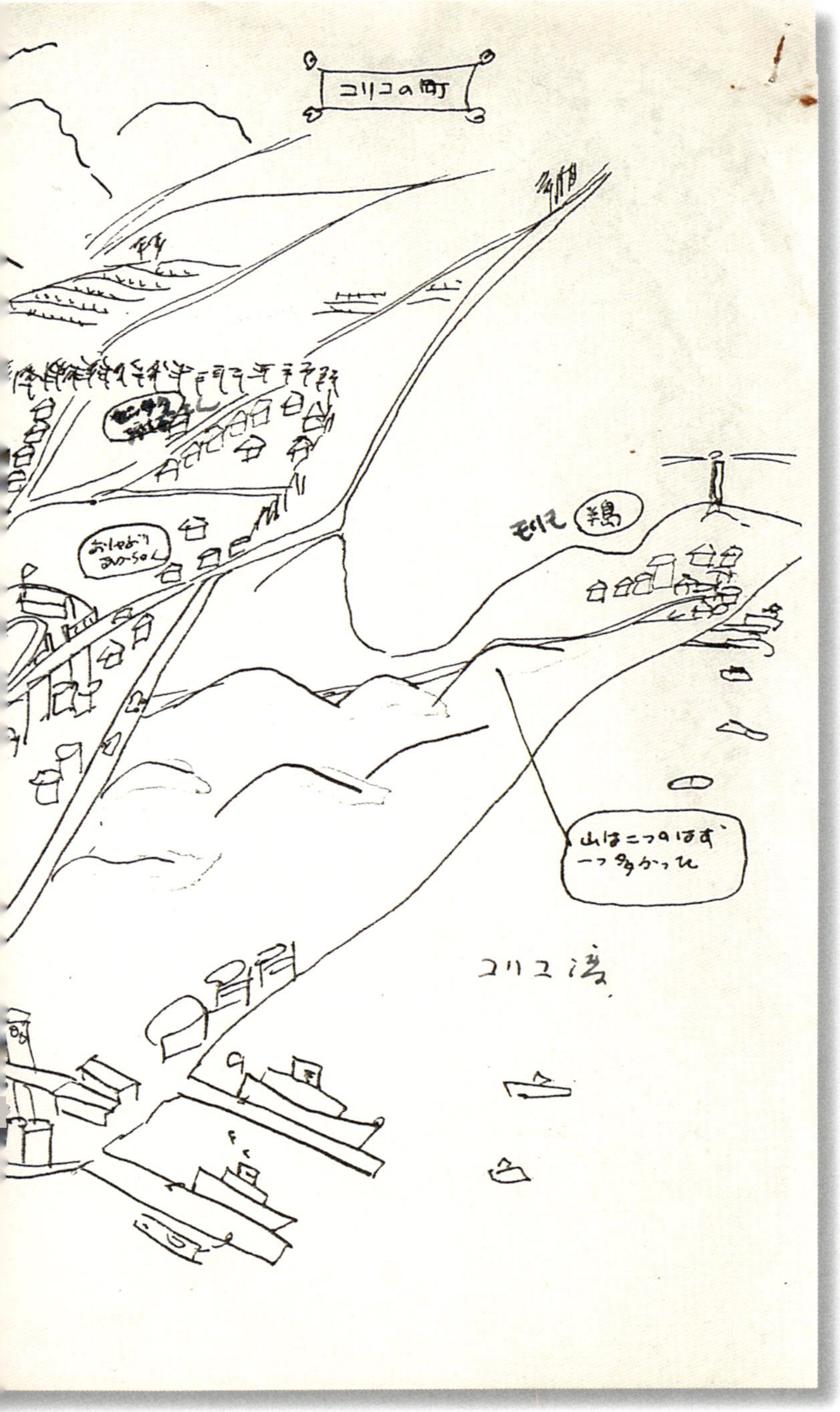

キキがおりたところ、パン屋さん、ハラマキおばあちゃん、ホウキの折れたところ、野外音楽堂……

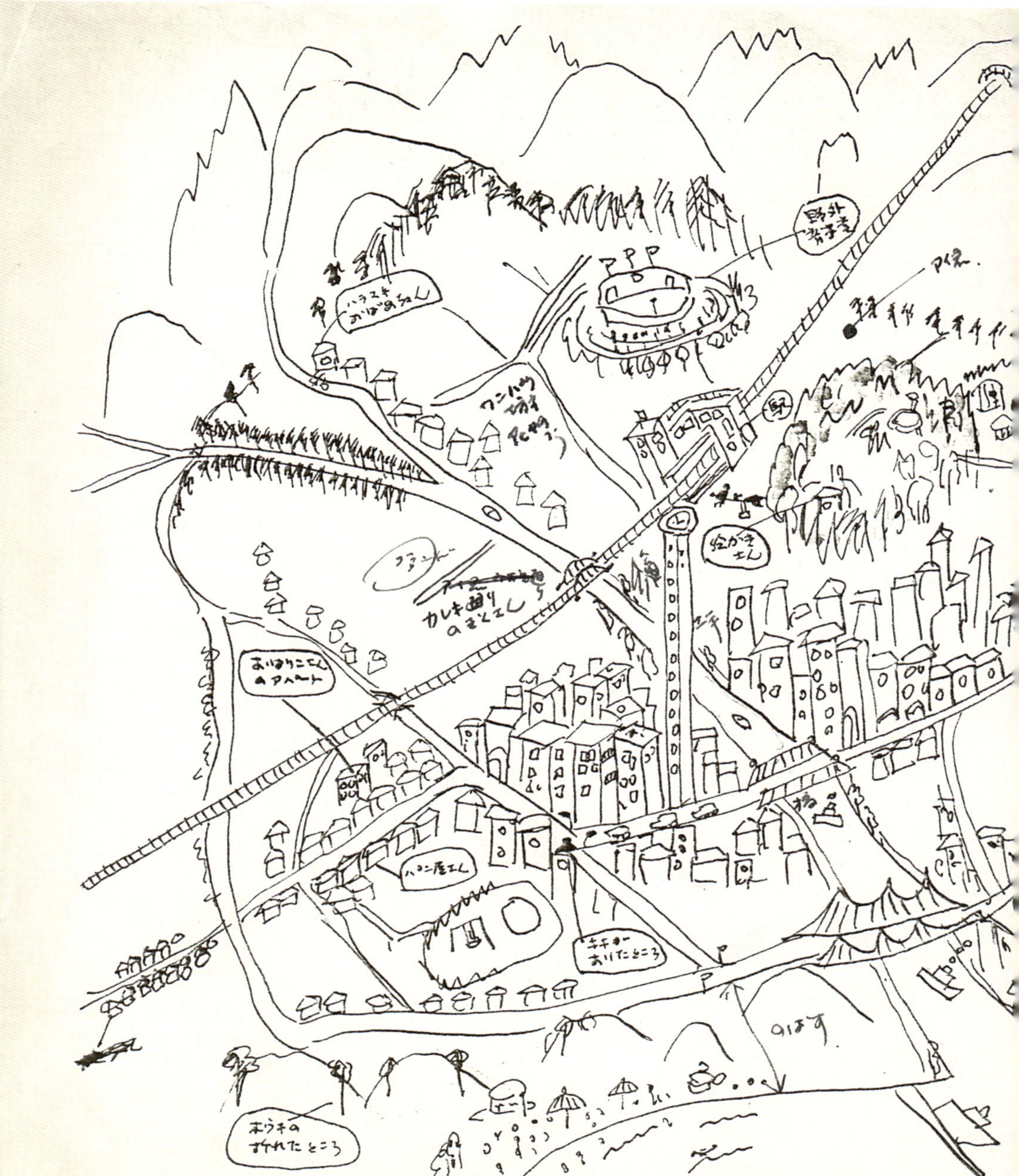
ハラマキおばあちゃん
野外音楽堂
駅
絵かきさん
パン屋さん
キキがおりたところ
ホウキの折れたところ
海水浴場

ラクな上っぱりをはおって、
きょうは壁画の制作中

ホウキのふさは三つ編みで、リボンがついてた。こういう魔女ってちょっとおもしろいなあ、この子を書きたいな、と思いました。ラジオを聞きながら空を飛んでたら、さぞかし気持ちいいだろうなあ、と思ったとたん、「書けば私もいっしょに飛べる！」と思ったのです。そういう風景が私の中にできあがったんですね。こんなふうに私は、ひとつの〈風景〉だったり、ひとりの〈人物〉が見えたときに、書き始めます。

その人物が、私にとって魅力的だと思えたら、その人は私のすぐそばに立ってくれます。横にいるけど、それは私じゃない。よく「主人公がひとり歩きする」といいますが、そんな感じです。主人公は私とは別の人格です。たとえばキキが、ホウキで飛んでいろんなものを運ぶのを、私があとから追いかけながら書いてるような気がします。ときどき、飛んでばっかりじゃつまんないわ、と思うと、作者の私は何か事件を起こしてみる。すると、その解決は私のやりかたじゃなくて、キキなりのやりかたで対応をしていくんです。そこがとっても不思議だし、おもしろい。

だから、キャラクターは最初からはっきりしています。また作者の私自身が、大好きな人物でないと、物語は進んでいきません。また、名前はとっても大事です。名前が決まらなくちゃ書けない、その人にピタッと合うのが見つからないとダメですね。名前は音で決めるときと、性格から決めるときがあります。『魔女の宅急便』の黒猫ジジは、ブラジルにジョジョという名前の友だちがいて、そこからジジにしたんです。だから魔女も、音がふたつつながった名前にしたかったんだけど、そういう制約をつくったので、むずかしくなってしまった。ミミにしようかとも思ったけれど、かわいすぎるから、もうちょっと魔女っぽい名前を探そうと、五十音順に、アア、イイ、ってやってみました。

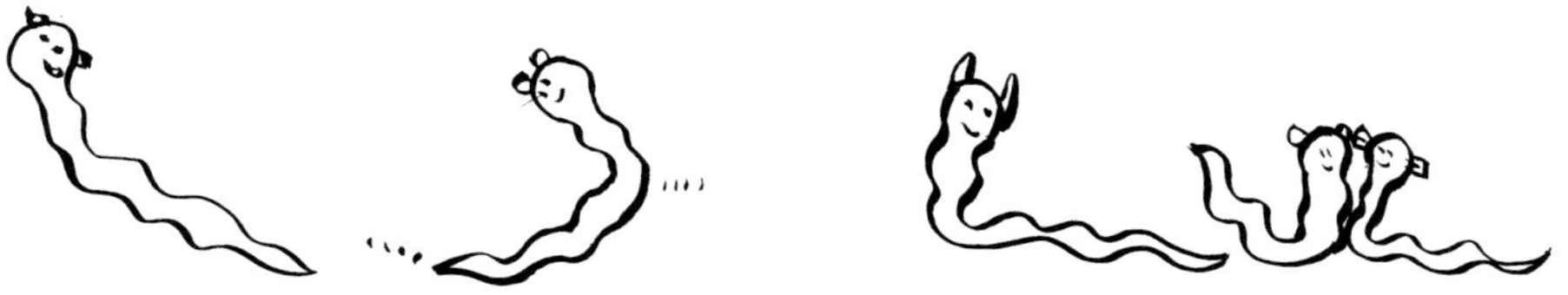

みみず

トニおじさんの声です。

あの子って……ケケのことだわ。

キキは胸になにか石がぶつかってきたような気がしました。

「いや、大うそつきかもしれない」

もう一人の子がいいました。

「でも、さあ、うそってなんだろ。うそだってどうやって決めるのさ」

トニおじさんがいいかえしています。

「あの子はさあ、竹だってとびたいって思ってるんだ。だから

とばしてやるんだって……そんなのはばかげてるよ」

「でも、でも、そんなことあるわけないって、きみ、きっぱりいえるって」

「いえるよ。

ぼくは証明してくれなきゃ、信じないよ」

「証明ってさ、どういう風にさ」

「自分の目で見ないと」

「でもさあ、~~見ても不~~目で見てもますます不思議！

なーぞってあるでしょ。

キキがとぶとこみてるんだけど、いつでも~~ほんと不思議だな~~。めるくるや不思議っぽいよな

だからわくわくしてるんだ。

キキは、ふるえどきりしました。

「つくるって、ふしぎよ。自分がつくっても、自分がつくっていないのよ」

（『魔女の宅急便』その2より）

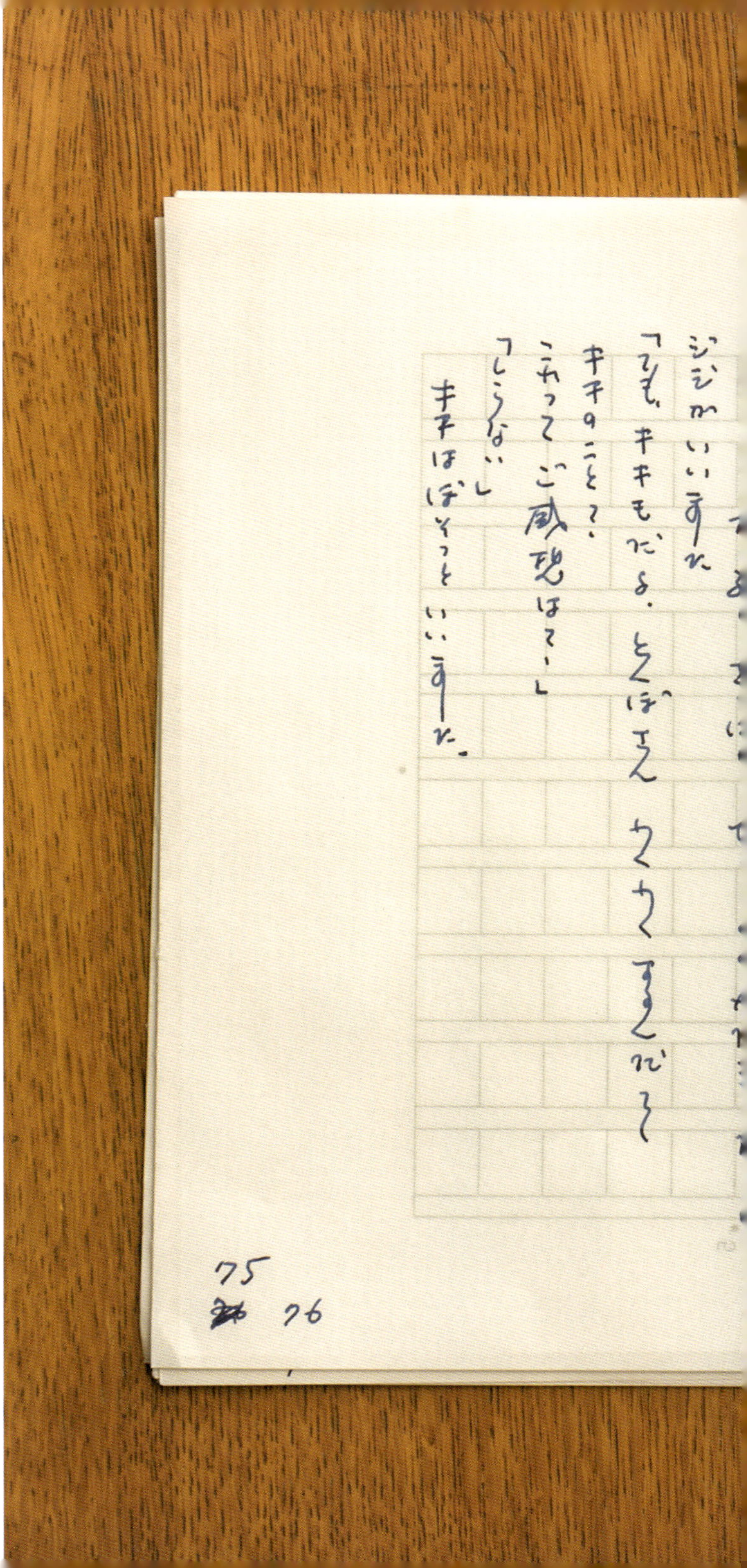

『魔女の宅急便』その3「キキともうひとりの魔女」より
草稿（6章の終わり）
もうひとりの魔女ケケに複雑な思いをいだくキキ

書けなくても机の前に

最初、何から書き始めたらいいかわからないときは、主人公の名前、姿かたち、性格、住んでいるところを、長篇なら四百字三枚くらい、幼年童話なら四行くらいに入れてみるのです。「おばけのアッチ」（ポプラ社）は、「アッチは、おいしいものがだいすきな、小さなおばけの男の子です。アッチのいえは、（中略）レストランのやねうら」という具合です。あとになって読者からの手紙でわかったのですが、こんなふうに主人公がわかりよく、くっきりと登場することで、読者は主人公と友だちになれるのです。そして私が主人公を追いかけて書いていくように、読んでいる人もいっしょに追いかけて読んでいくのですね。すると、ページをめくるたびに、驚いたり、想像したりする楽しさがある。それは最初から計算したのではないのですが。名作といわれる絵本の冒頭部分も、参考になると思います。『ひとまねこざる』（岩波書店）なんて、すてきですよ。

もちろん書いてる途中で、止まってしまうこともあります。そういうときは、お話の流れを節操もなく変えてみたりします。少しもどって、たとえば、接続詞を変えるんです。「ＡＮＤ」ってさっき書いてたのを、「ＢＵＴ」にしてしまう。そうすると違う展開が広がってくる。人に見せないつもりなら、思いきったことがいくらでもできる。いいかげんのように見えるかも知れないけれど、私という人間の全部で書いてるんだから、だいじょうぶなんです。

それでも書けないことはもちろんあります。待っても待っても、一行も書けない。

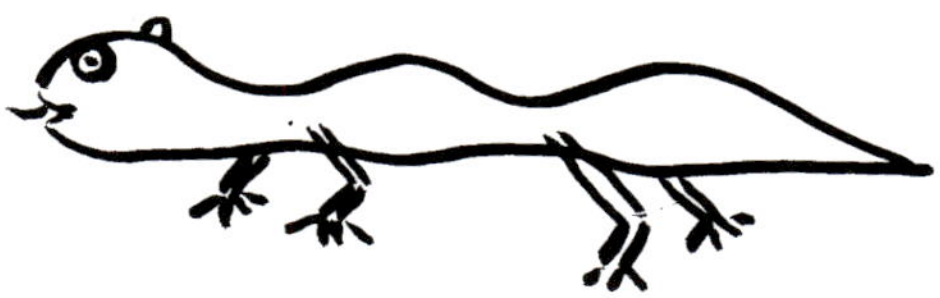

それでも寝ころんだりしないで、机の前にすわっています。絵を描いたり、礼状を書いたり……。手の運動を続ける。物語は、頭で考えなくちゃ書けないのですが、非常に身体的なことでもあるんです。

その日一日で書き上がらないときは、いい調子のところで終えるようにしています。そのまま調子よくずっと書きつづけてしまうと、案外翌日つづきがなかなか書けないのです。いいところで終わっておけば、ああしようかなあ、こうしようかなあとあれこれ思って、つぎに書くのが楽しみになる。なるべく落ち込まないように、自分をいい気持ちにさせておくのも大切です。

ラストはどうなるかわからない

『かいじゅうトゲトゲ』（ポプラ社）は、かいじゅうとミルクちゃんという女の子が、出会ってなんとかいっしょにやっていくというお話ですが、書き終わってからふっと思ったんです。これはブラジルで苦労した異文化コミュニケーションが、きっと隠れたテーマだったんだなあ、と。あとになって自分で気がつく。

先に何かテーマがあって、それを書くんじゃない。ひとつの景色から始まっていくのです。自分の机の前に一枚絵があって、それは日々少しずつ変わりますが、全体を見ながら、ここの空の色はこうかなあって、青をおいたり、淡くしてみたりする感じで、文字は決まっていきます。

いまも書いてるときは、ラストがどうなるかわからない。それはものすごく不安です。果たして終わるのかしら、終わらなかったら困るなあ、と思ったりします。でも不思議と、全体の三分の二か四分の三ぐらい書いたときに、終わりが見えてきます。そこまで行かないと見えない。毎回不安なんだけど、心の底では「いままでも大丈夫だったから、大丈夫よ」と自分を信じて書きつづけます。その自信は経験がつくってくれました。最後のシーンまで決めて書くという方もいらっしゃるけど、それはテーマがはっきりあるんだと思います。私は、出会う風景のおもしろさと、それに反射する主人公のこころの動きを書いていきたいんです。だから、書き終えたときはほんとにうれしい。

どのように終わるか、これがまた問題です。主人公の性格を途中で曲げたら終わりません。たとえば、ケチンボが途中でがらっと気前よくなったら、お話は終わらない。ケチンボはケチンボなりに懸命に生きる、そうすると終わります。

そして、大事なのは、書き終わったら声に出して何回も読むことです。おかしな点もわかってくるし、自分の言葉のリズムもわかる。世間ではこうじゃないかという迷いごころが、だんだん消えていきます。どんなに長くても、まあ五回は読んだほうがいいと思う。長篇を音読すると三日ぐらいかかりますが。

好きだから続けられる

作品を書くときは、最初から最後までダーッと手書きです。原稿用紙の裏に書く。線が見えるような見えないようなのがいい。そこに、ちいさい字でバーッと書く。頭に浮かんでくるのと、書くのが同じ速さになるように。ゆっくりだとせっかく浮かんだことが、どこかへ飛んでいってしまう。それをもう一度書き直して、最後に原稿用紙に清書していましたが、なにしろ大変疲れる。それでこのごろは、原稿用紙の段階だけはパソコンにしています。そしてプリントアウトして何度か推敲します。なかなか骨の折れる作業ですが、楽しいです。

お話を書いていなかったらいまごろ何してたんだろう、と思うことがあります。私は、好きなことが見つけられて、ほんとによかったと思ってます。作品のなかで冒険ができるし、一生退屈しないで生きていける、これはとてもありがたいことです。

パソコンのネット空間では、電波が平泳ぎしているような気がする

私の文章修行　風景の記憶

私にとっての文章修行は、やっぱり「旅」だと思います。二十四歳のとき、移民船でブラジルへ行ったことが大きかった。

甲板に出て水平線を見てると、ものすごくわくわくするんです。なんにも見えなくても、みんなの背中がひゅっと伸びて首が長くなってる。向こうから何がくるかな、という期待感なんですね。帰路ヨーロッパに向かった船の旅もおもしろかった。ワインを呑んで真っ赤になってた禿げたおじさんが、船酔いで貧血を起こしたのでしょう、頭のてっぺんからちょっとずつだんだん白くなっていったり……。スペインの人たちが夜な夜な甲板で踊ったフラメンコは、ほんとうにすばらしかった！

旅に出て得た、そういう「風景の記憶」はほんとうにだいじです。書くときは、いつも自分の目の前に一枚の風景が見えていて、それを文字にしていく感じがあります。だからと言って旅日記をつけることは、まずありません。カメラをもっていくのも嫌い。手帳は常にもっていき、絵を描くことの方が多いです。

（初出〈始まりはひとつの風景〉インタビュー・構成＝市河紀子、AERAムック「日本語文章がわかる。」朝日新聞社 二〇〇二年十二月／角野により加筆修正しています）

このノートはひとりぽっちの私がひとりぽっちをたのしむために書くもの。

記録が残ったとしても、言葉にならないものが、もっともっといっぱいあるのに

（『ファンタジーが生まれるとき』より）

黒革の手帖は、旅のメモ、押し花、チケット、俳句の下書き、創作メモ、スケッチなど、いろいろな思いつきにあふれている

30冊の本棚

心のなかの本棚が、自分自身の辞書を作る

ほんとうに大切な本は、きっと30冊ぐらい。そんなトクベツな本を入れておく、ちいさな本棚があったらいい——。

そう提唱する角野自身の30冊＋アルファを「おすそわけ」。

（＊リストは一二二ページ）

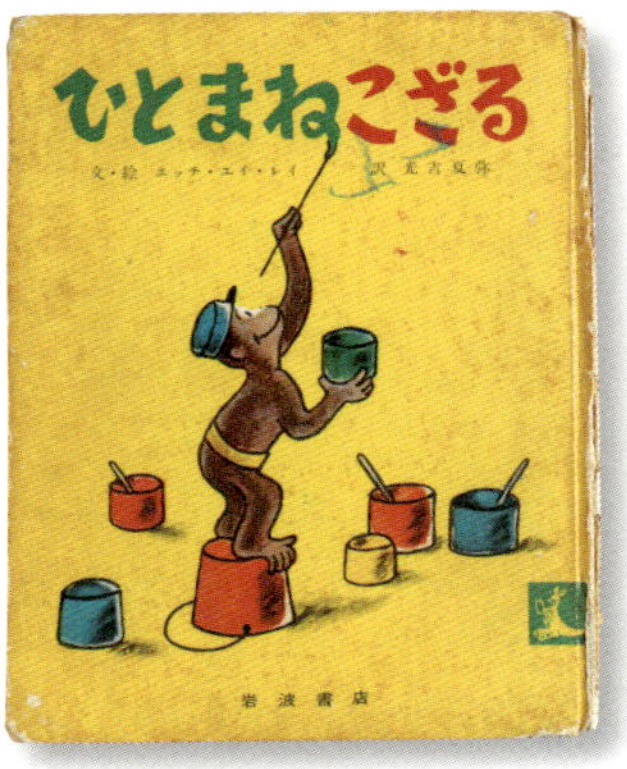

背表紙が見えない１冊は娘と繰り返し読んだ『ひとまねこざる』

本を選びながら——「あら！　もう30冊？　すこしおまけさせてね」

ほんのコラム④

「ミステリー」

大好きなミステリーが集まった上の段。下の段にはモームなど

「さてはて、この続きはいかに……？　明日のお楽しみ」

紙芝居屋さんのおじさんの、おなじみのセリフ。私はこのセリフに弱い。

「待てないよー」って頬を膨らませて、家に帰る。すると、翌日は雨だったり、用事で外出だったり……。でも、ずっと続きのお楽しみが頭から離れない。見られなくて、とっても残念なのだけど、心はなぜか賑やかなのだった。

戦争が始まって、紙芝居屋さんも兵隊さんになってしまった。街角は寂しくなった。そして、また時が流れて、紙芝居屋さんそのものがいなくなってしまった。

ところが、この続きを待つ楽しみは、私の中にずっと残っている。今でも……。それで、お気に入りの本のジャンルは「ミステリー」。

明智小五郎から始まり、シャーロック・ホームズ、ミス・マープル、フィリップ・マーロウ……。初めは探偵ものにはまり、謎解きに夢中になった。でも謎にはだいたいパターンがあって、半分ほど読むと犯人がわかってくる。それで、だんだんと刑事ものに移っていった。ミステリーの刑事さんはいずれも個性的で、シャーロック・ホームズみたいに、天才肌でないところがいい。実に人間的なのだ。私のイチオシは仕事大好きなフロスト警部（イギリスの作家ウィングフィールドのシリーズの主人公）。汚い言葉をばんばんと吐きまくる痛快さ。歯切れのいい訳文にも乗せられる。

ここ数年は北欧ミステリーに凝っている。スウェーデンはマルメの街のマルティン・ベック刑事。「○○ガータンに事件」と通報を受けて、雪と氷の中、パトカーは走る。なぜか、この「ガータン（通り）」という、音の響きが気に入って、サンタクロースランドの取材帰り、「ガータン」と書かれた標識を見たさに、わざわざ物語の舞台マルメまで行ってしまった。その他、スティーグ・ラーソンの「ミレニアム」三部作、ヘニング・マンケルの「ヴァランダー警部シリーズ」、もう全作品を読んでしまった。続きをもっともっと読みたい！　それなのに、どの作家ももういない。新しいお気に入りをさがさなくっちゃ！

＊『ナーダという名の少女』のアリコは、マルティン・ベック・シリーズを読んでいる。

オノマトペだいすき

「オノマトペ」とは擬音語や擬態語のこと。独特のセンスで、音をつむぎだす。

ぞつぞ

——となでられるよりはましだけど

ラストラン

ピシカピシカ

ほしが——と　あらわれました

ネッシーのおむこさん

スコスコ

体のまわりが——妙に軽っぽくって

魔女からの手紙

ぽぽれしや
ぽぽれしや

れーるのうえを　れっしゃが　はしる——

いろはにほほほ

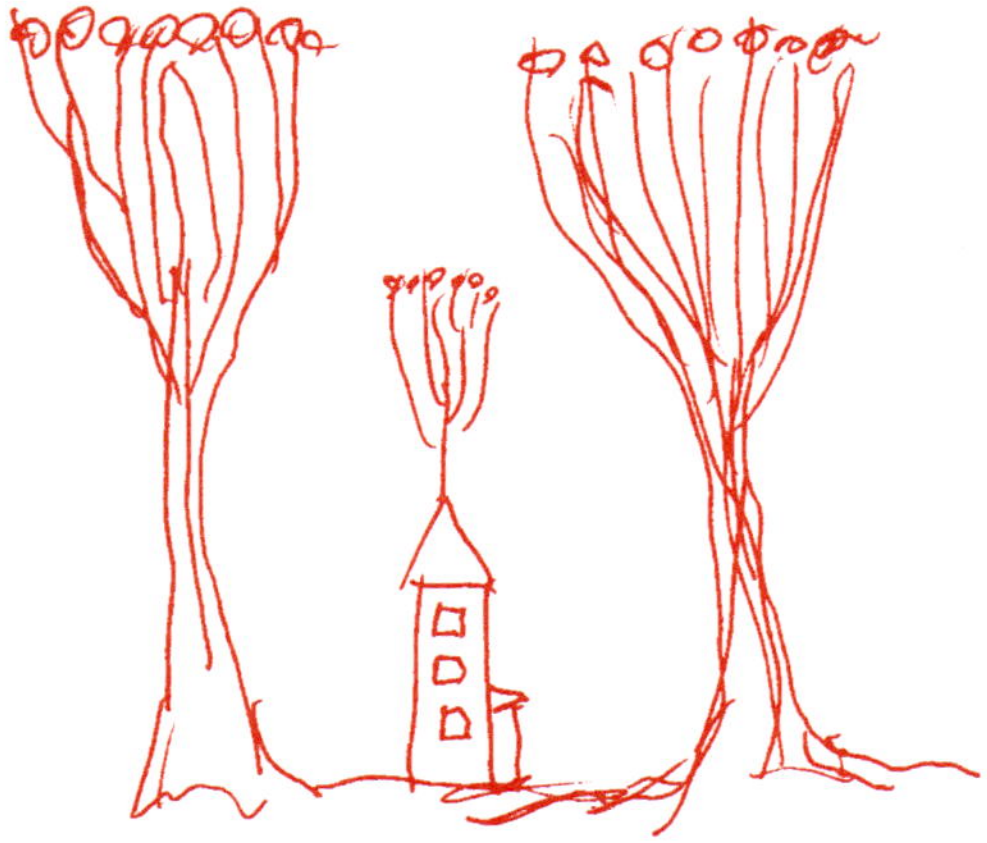

ぴちん

すぐ　いわれたとおりに、——と　たちました

おばけのソッチ　ぞびぞびぞー

じょろんじょろん

首には木の実のネックレスを——といくつもさげて

ブラジル、娘とふたり旅

ぼうぼう

なみだが、——と　でてきます

リンゴちゃん

じぶじぶ

いつも——と雨か雪が降っている

ナーダという名の少女

ぽいっ

リュックサックを——とゆすった

トンネルの森 1945

ごしごし

パンを——と半分に切り

ズボン船長さんの話

のったらのったら

——と歩いていた

トンネルの森 1945

ブラジルでは、向こうの人の喋ることは、私にはオノマトペ、私が喋ることだって、相手にはオノマトペみたいなものだったから。

靴が、足が気になる！

足に合う靴があれば、どんどん歩ける。足がたくさんあったら、早く進めるかも！　好奇心がむずむず動き出す。

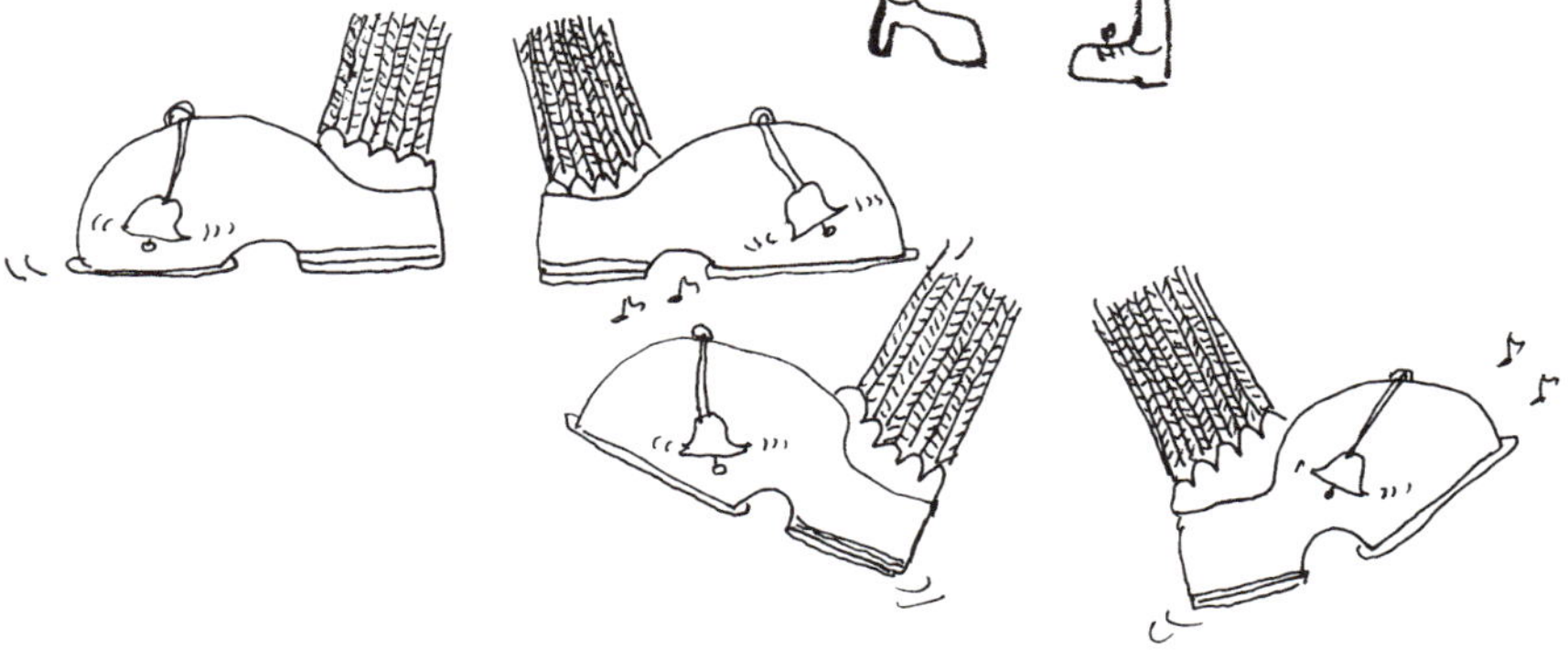

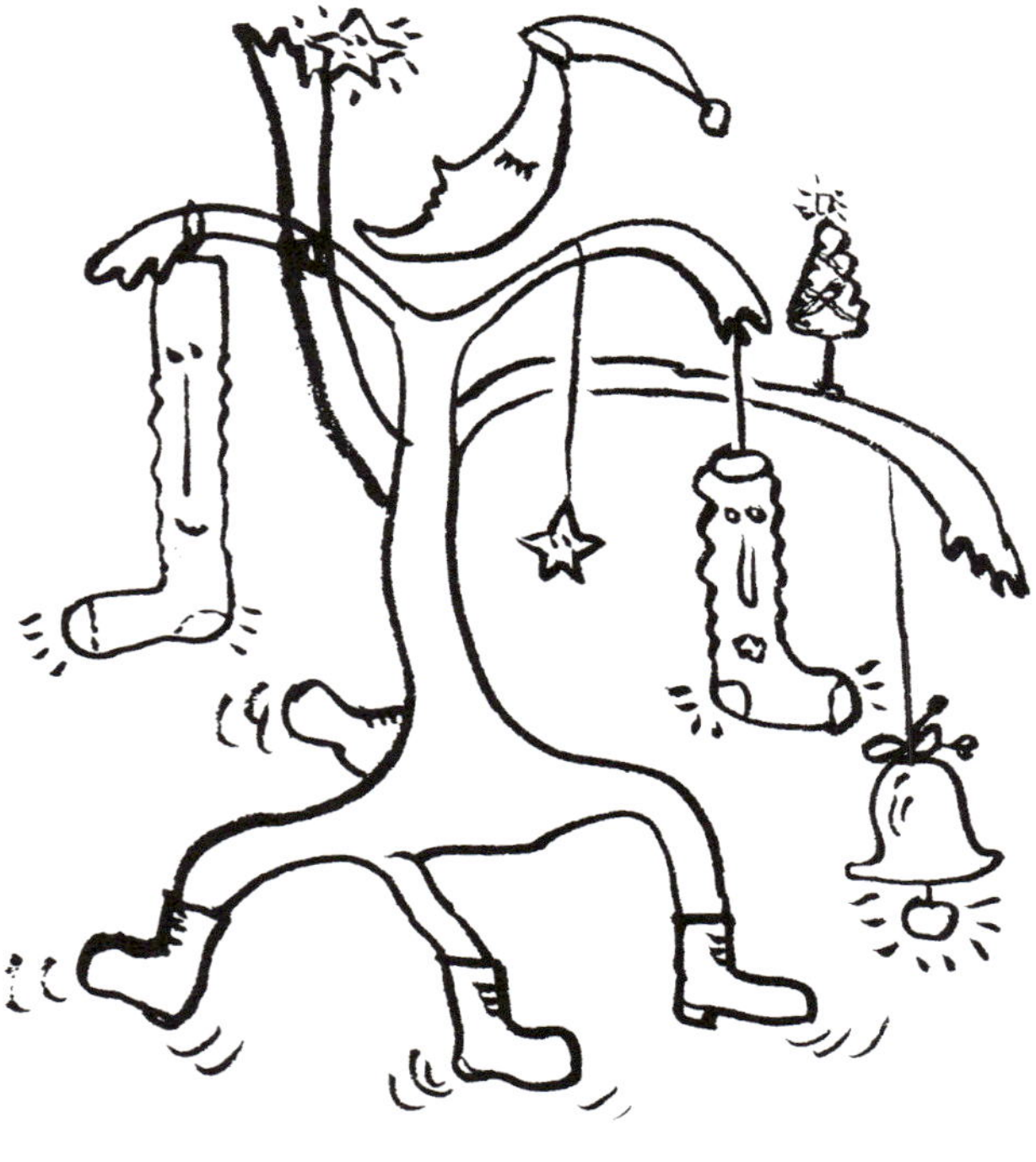

スカートから出ているのは　2本の足と思っているの？
それは　大きなまちがいよ
フルルルさんのスカートのなかには
いろんな足が　住んでいる

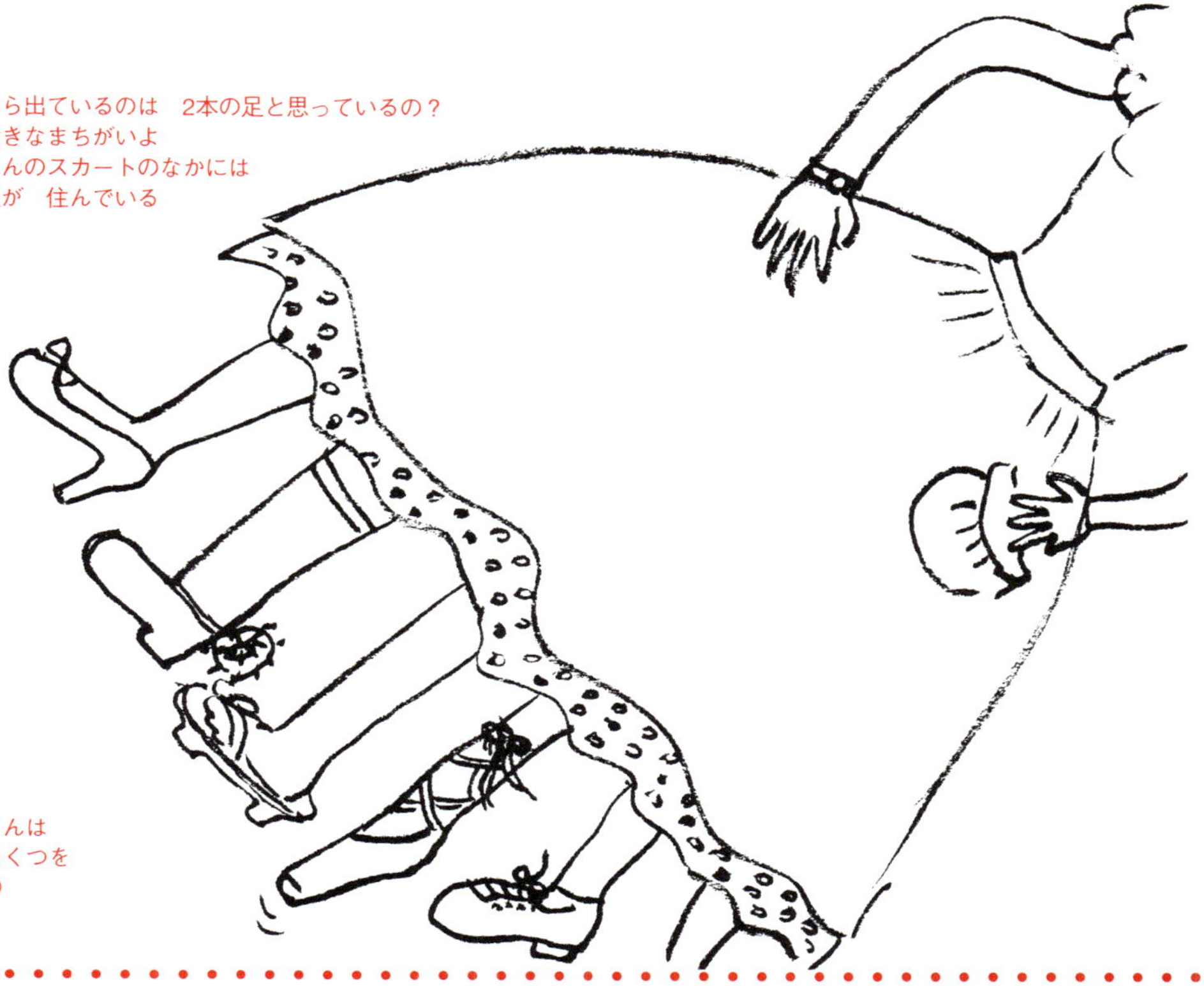

フルルルさんは
もっているくつを
全部はくの

靴は　くつくつと笑う

赤ちゃんに　お祝いの靴を　贈る
まだ　歩けない　あんよを　包み
小さな靴は　くつ　くつ　笑う
「くつ　くつ　くつ　くつ」
靴は　笑い声しか　知らない

「とっ　とっ　とっ」と　走り笑い
「ばた　ばた　ばた」と　逃げ笑い
「くふ　くふ　くふ」と　泣き笑い
「くっく～ん　くっく～ん」と　恋笑い
「くたり　とたり　よろり」と　よれ笑い

笑いながら
靴は　いつだって　前へと進む
靴は　いつでも　これからが　好き

明日へのおまじない

いいこと　ありそな
いいこと　ありそな

（『魔女の宅急便』その３より）

30冊の本棚　リスト（一一〇ページ参照）

（一一〇ページ参照）

1 『父の大手柄（少年時代1）』マルセル・パニョル著　佐藤房吉訳（評論社）

2 『ある手品師の話：小熊秀雄童話集』小熊秀雄著　寺田政明画（晶文社）

3 『エルマーのぼうけん』ルース・スタイルス・ガネット作　ルース・クリスマン・ガネット絵　わたなべしげお訳（福音館書店）

4 『ちいさいおうち』バージニア・リー・バートン文・絵　石井桃子訳（岩波書店）

5 「ひとまねこざる」H. A. レイ文・絵　光吉夏弥訳（岩波書店）

6 『海のおばけオーリー』マリー・ホール・エッツ文・絵　石井桃子訳（岩波書店）

7 『まりーちゃんとひつじ』フランソワーズ文・絵　与田準一訳（岩波書店）

8 『カミの人類学――不思議の場所をめぐって』岩田慶治著（講談社文庫）

9 『父の詫び状』向田邦子著（文春文庫）

10 『旅をする木』星野道夫著（文春文庫）

11 『西日の町』湯本香樹実著（文春文庫）

12 『くまさん』まど・みちお詩（童話屋）

13 『マルコヴァルドさんの四季』イタロ・カルヴィーノ作　安藤美紀夫訳（岩波少年文庫）

14 『クオレ：愛の学校』デ・アミーチス作　前田晁訳（岩波少年文庫）

15 『とんでもない月曜日』ジョーン・エイキン作　猪熊葉子訳（岩波少年文庫）

16 『ハックルベリイ・フィンの冒険』マーク・トウェイン著　村岡花子訳（新潮文庫）

＊本棚に並んでいる書籍の情報です。現在では手に入りにくい版もあります。

17 『海辺のカフカ』村上春樹著（新潮文庫）

18 『くそったれ！　少年時代』チャールズ・ブコウスキー著　中川五郎訳（河出文庫）

19 『イル・ポスティーノ』アントニオ・スカルメタ著　鈴木玲子訳（徳間文庫）

20 『彫刻家の娘』トウベ・ヤンソン著　香山彬子訳（講談社文庫）

21 『ティファニーで朝食を』カポーティ著　龍口直太郎訳（新潮文庫）

22 『月と六ペンス』モーム著　龍口直太郎訳（旺文社文庫）

23 『少年時代』ロバート・R・マキャモン著　二宮磬訳（文藝春秋）

24 『アフリカの日々』アイザック・ディネーセン著　横山貞子訳（晶文社）

25 『ブロックルハースト・グローブの謎の屋敷：メニム一家の物語』シルヴィア・ウォー作　こだまともこ訳　佐竹美保絵（講談社）

26 『トリエステの坂道』須賀敦子著（みすず書房）

27 『ミーナの行進』小川洋子著（中央公論新社）

28 『ラブ・ストーリーを読む老人』ルイス・セプルベダ著　旦敬介訳（新潮社）

29 『ゾマーさんのこと』パトリック・ジュースキント著　ジャン・ジャック・サンペ絵　池内紀訳（文藝春秋）

30 『少年動物誌』河合雅雄著　平山英三画（福音館書店）

31 『悪童日記』アゴタ・クリストフ著　堀茂樹訳（早川書房）

32 『忘れ川をこえた子どもたち』マリア・グリーペ作　大久保貞子訳（冨山房）

33 『時の旅人』アリソン・アトリー作　小野章訳（評論社）

34 『トンカチと花将軍』舟崎克彦・舟崎靖子作（福音館書店）

35 『スウィート・メモリーズ』ナタリー・キンシー＝ワーノック作　金原瑞人訳　ささめやゆき画（金の星社）

36 『ふたりのロッテ』エーリヒ・ケストナー著　高橋健二訳（岩波書店）

37 『ゆかいなホーマーくん』ロバート・マックロスキー作　石井桃子訳（岩波書店）

＊本のリスト。初版発行年の古い順。品切れの場合は図書館などをご利用ください。

物語…物語の世界を自由に歩く

『ルイジンニョ少年　ブラジルをたずねて』
福原幸男絵　2019　ポプラ社
ブラジル語のプロフェソール（先生）は9歳の男の子。1970年デビュー作の復刻版。

『ズボン船長さんの話』
2014　角川文庫
4年生の夏休み、海辺の町で過ごすことになったケン。元船長さんが語る7つの宝物のお話。

『魔女の宅急便』
林 明子画　1985　福音館書店
満月の夜、13歳のキキは家を離れ、コリコの町へ。「もちつもたれつ」の暮らしが始まる。

『ラスト ラン』
2014　角川文庫
74歳のイコさんは、幼い頃亡くなった母の生家へ。そこで出会ったのは、母12歳の幽霊？

『ナーダという名の少女』
2014　KADOKAWA
アリコはブラジルに住む15歳。映画館で、同い年の不思議な少女ナーダと知り合う。

『トンネルの森 1945』
大庭賢哉装画　2015　KADOKAWA
イコの疎開先は、薄暗いトンネルのそば。4年生の少女が肌で感じた戦争を描く。

角野栄子を知る

『ブラジル、娘とふたり旅』（あかね文庫）
渡辺リオ絵　1988　あかね書房
かつて住んでいたブラジルを、娘とともに再訪。

『ファンタジーが生まれるとき――『魔女の宅急便』とわたし』（岩波ジュニア新書）
くぼしまりおイラスト　2004　岩波書店
生い立ちや創作の秘密など、自伝的エッセイ。

『角野栄子の毎日いろいろ――『魔女の宅急便』が生まれた魔法のくらし』
2017　KADOKAWA
センスと工夫があふれるすてきな毎日の作り方。

＊鎌倉文学館では定期的に、子ども向けの朗読会「角野栄子さんのお話の扉」を開催。
＊「NHKきょうの料理」2019年4月号より「おいしいふ〜せん」（文と絵）連載中！
＊2022年度「角野栄子児童文学館」（仮称）が出身の東京都江戸川区小岩にオープン予定！

角野栄子オフィシャルホームページ
http://kiki-jiji.com/
角野栄子インスタグラム
https://www.instagram.com/eiko.kadono/

角野栄子のお話を読む

絵本…読んでもらってお話を楽しむ

『サラダでげんき』
(こどものとも傑作集)
長 新太絵　2005　福音館書店
りっちゃんがお母さんのために作るサラダ。動物たちからおいしくするヒントをもらう。

『ぼくびょうきじゃないよ』
(こどものとも傑作集)
垂石眞子絵　1994　福音館書店
ゴホン！　明日釣りに行くのに、咳が出た。クマ先生に教わったクマ式うがいとは？

『魔女に会った』(たくさんのふしぎ傑作集)
みや こうせい写真　1998　福音館書店
仮面の魔女がねり歩くドイツのお祭りや、ルーマニアで会った本物の魔女のこと。

『トラベッド』
スズキコージ絵　1994　福音館書店
アイちゃんなんか食べられちゃえっ！　幼い妹のベッドにトラの絵を描いたら……。

『チキチキチキチキいそいでいそいで』
荒井良二絵　1996　あかね書房
古い腕時計がチキチキチキチキ動き出すと、忙しい気分が町のみんなに移って大忙し！

『魔女からの手紙』
ディック・ブルーナほか絵　1997　ポプラ社
ひいおばあちゃんのカスレさん宛ての不思議な手紙。20人の画家が描く魔女。

『いろはにほほほ』
2017　アリエスブックス
言葉と絵の両方を手がけた「いろは」ことばあそび絵本。声に出して読みたい。

幼年童話…自分で文字を読んで想像する

『スパゲッティがたべたいよう』(小さなおばけシリーズ1)
佐々木洋子絵　1979　ポプラ社
レストランの屋根裏に住むおばけのアッチ。エッちゃんにスパゲッティをごちそうになる。

『ネッシーのおむこさん』
西川おさむ絵　1979　金の星社
およめさんがほしくなったザブー。ネッシーのおむこさんになろうとネス湖を目指す。

『大どろぼうブラブラ氏』(愛蔵版)
原ゆたか絵　2011　講談社
39代目の大どろぼうが東京にやってきた。秋葉の原警察のニラミ刑事との対決は？

『リンゴちゃん』
長崎訓子絵　2003　ポプラ社
おばあちゃん手作りの人形、リンゴちゃんったら、とってもわがままで、頭にきちゃう！

『ラブちゃんとボタンタン』
堀川 波絵　2005　講談社
トランク型の家に住むラブちゃんの相棒は、ボタンだらけのつなぎを着た犬のボタンタン。

『角野栄子のちいさなどうわたち』全6巻
佐々木洋子ほか絵　2007　ポプラ社
自選童話集。「おかしなうそつきやさん」「おばけのコッチピピピ」「いすうまくん」など。

『おばけのアッチとドララちゃん』(小さなおばけシリーズ24)
佐々木洋子絵　2010　ポプラ社
アッチが、ゾクゾク料理の天才ドララちゃんから教わったのは「いもむしグラタン」！

くいしんぼうの略歴

子どものころ

・ごはんを白菜のお漬け物でくるんと巻いたものを、父が口に入れてくれたのが、とてもおいしかった
・日本橋三越の食堂で食べた、お子さまランチ。旗がトクベツだった
・神田万世のオムライス。ちぢんだ紙でできた前掛けをしてもらった
・子どものころから、甘いものよりおせんべいが好き
・戦争中は乾燥芋

戦後

・『ゆかいなホーマーくん』（マックロスキー）にも出てくるような、ドーナツの機械が近くのお店に導入された。油にドーナツが浮いてきて、ひっくりかえすようすをいまでも覚えている
・キャドバリーのチョコレートをたまに買うのがたのしみだった
・半分に切って食べるグレープフルーツは夢のデザートだった
・初めてカリフラワーを見てびっくりした

ブラジル時代

・シュラスコ／先をとがらせた鉄串に刺して焼いた肉を、そぎ切りにして食べる
・フェイジョアーダ／塩漬けのブタ肉（しっぽ、耳、足など）をフェイジョンという黒い豆といっしょにニンニクを効かせて煮たもの
・ビタミーナ／いろいろなフルーツ入りのとろんとしたジュース
・初めてアボカドを食べた

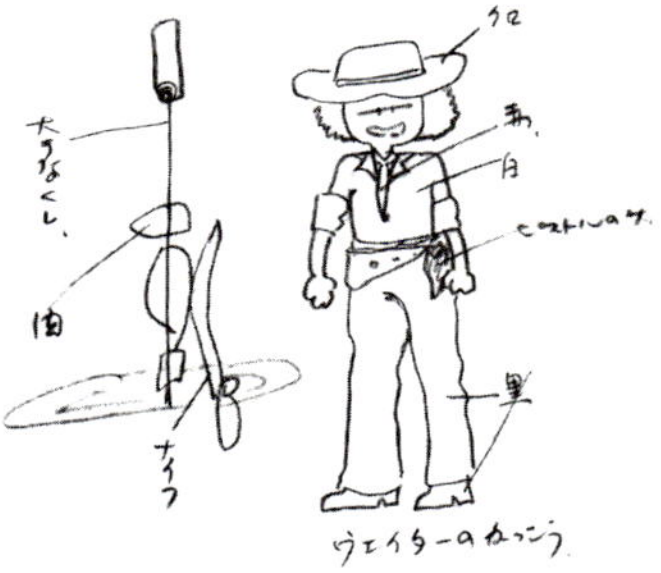

旅先のポルトガルで

・バカリャウ（干し鱈）のコロッケが好き
・世界一と思うコーヒーは、リスボン（ポルトガル）の「ビッカ」。「カフェジンニョ（ブラジル）」や「エスプレッソ（イタリア）」のようなコーヒー
・材料の卵がとてもおいしいので、まんなかがとろ〜りとしたカステラ「パン・デ・ロー」や、エッグタルトの「ナタ」は絶品
・「ソッパ・デ・ペドラ」（石のスープ）は、ポルトガル民話の、スープができる石の話に由来する。野菜や肉など具だくさんのスープ。実際に、石が入っていたこともある

そのほか好きなもの

・オコゼやカレイの唐揚げ、砂肝
・蕎麦は大好き。杉浦日向子さんの『ソバ屋で憩う』（新潮文庫）を愛読

作家として

・アッチの〈いもむしグラタン〉〈どくりんごのデザート〉、ブラブラ氏の〈じゃがいももち〉、しずかさんの〈ワンワンごっこ〉〈シェーン・カムバック〉など独創的な食べものをつぎつぎと考案。ゾクゾクするほどおいしい〜！と大好評。

角野栄子 年譜

1935	（昭和10）	0歳	１月１日、東京深川（現 江東区）に生まれる
1940	（昭和15）	5歳	母 房子死去
1941	（昭和16）	6歳	江戸川区西小岩国民学校入学。父 孝作、再婚。12月開戦
1944	（昭和19）	9歳	秋、山形県に学童疎開
1945	（昭和20）	10歳	疎開先から千葉県に移る。８月終戦
1948	（昭和23）	13歳	東京へ戻り、大妻中学校２年に編入
1953	（昭和28）	18歳	早稲田大学教育学部英語英文学科入学、龍口直太郎ゼミを受講
1957	（昭和32）	22歳	紀伊國屋書店出版部入社
1958	（昭和33）	23歳	紀伊國屋書店退社、結婚
1959	（昭和34）	24歳	自費移民としてブラジルへ渡り、サンパウロ市に約２年間滞在
1961	（昭和36）	26歳	ブラジルを発ち、ヨーロッパ、カナダ、アメリカを旅行して帰国
1966	（昭和41）	31歳	長女リオ誕生
1970	（昭和45）	35歳	恩師 龍口直太郎氏を通じて依頼を受けたノンフィクションを書き上げ、『ルイジンニョ少年　ブラジルをたずねて』（ポプラ社）として出版
1979	（昭和54）	44歳	「小さなおばけ」シリーズの第一巻『スパゲッティがたべたいよう』（ポプラ社）
1981	（昭和56）	46歳	『ズボン船長さんの話』（福音館書店／第４回旺文社児童文学賞）、『大どろぼうブラブラ氏』（講談社／第29回産経児童出版文化賞大賞）
1982	（昭和57）	47歳	「母の友」（福音館書店）に「魔女の宅急便」連載開始
1984	（昭和59）	49歳	第６回路傍の石文学賞受賞。『おはいんなさい えりまきに』（金の星社／第31回産経児童出版文化賞）
1985	（昭和60）	50歳	『魔女の宅急便』（福音館書店／第23回野間児童文芸賞、第34回小学館文学賞、IBBYオナーリスト文学賞）。以降、2009年までにシリーズ全6巻出版
1989	（平成元）	54歳	長編アニメ映画「魔女の宅急便」（監督：宮崎駿、スタジオジブリ）公開
1993	（平成5）	58歳	ミュージカル「魔女の宅急便」（演出：蜷川幸雄）公演。『魔女に会った』（「たくさんのふしぎ」福音館書店）
2000	（平成12）	65歳	紫綬褒章受章
2001	（平成13）	66歳	4月、神奈川県鎌倉市へ転居
2004	（平成16）	69歳	『ファンタジーが生まれるとき――『魔女の宅急便』とわたし』（岩波書店）
2011	（平成23）	76歳	第34回巖谷小波文芸賞受賞。『ラスト ラン』（角川書店）
2012	（平成24）	77歳	ミュージカル「ズボン船長さんの話」（演出：岸本功喜）公演
2013	（平成25）	78歳	第48回東燃ゼネラル児童文化賞受賞
2014	（平成26）	79歳	実写版映画「魔女の宅急便」（監督：清水崇、東映）公開。旭日小綬章受章
2015	（平成27）	80歳	『トンネルの森 1945』（KADOKAWA ／第63回産経児童出版文化賞ニッポン放送賞）
2016	（平成28）	81歳	イギリスで「魔女の宅急便」舞台化
2017	（平成29）	82歳	『いろはにほほほ』（アリエスブックス）『角野栄子の毎日いろいろ』（KADOKAWA）
2018	（平成30）	83歳	国際アンデルセン賞作家賞受賞。8月ギリシャにて授賞式
2019	（平成31）	84歳	エイボン女性年度賞2018大賞受賞。『おばけのアッチ スパゲッティ・ノックダウン！』（シリーズ40作目、ポプラ社）出版

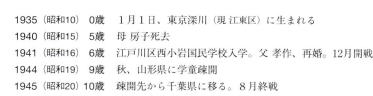

文と絵
角野栄子

カバー絵
林 明子（キキ）『魔女の宅急便』（福音館書店）より
佐々木洋子（アッチ）「アッチ・コッチ・ソッチの小さなおばけシリーズ」（ポプラ社）より

協力（順不同・敬称略）
くぼしまりお
細谷嘵々
福音館書店
ポプラ社
神奈川近代文学館
鎌倉文学館
文藝春秋
朝日新聞社

資料及び写真提供
角野栄子オフィス

写真撮影
楠 聖子（カバー・p.2・4-23・27-29［はがき］・31・46［本］・48-49・52・58-59・64-67・69・86-89・92-93・100・102-103・109-112・121）

地図製作
尾黒ケンジ（p.60-61）

装幀・レイアウト
熊谷智子

校正
栗原 功

編集
市河紀子
竹内清乃（平凡社）

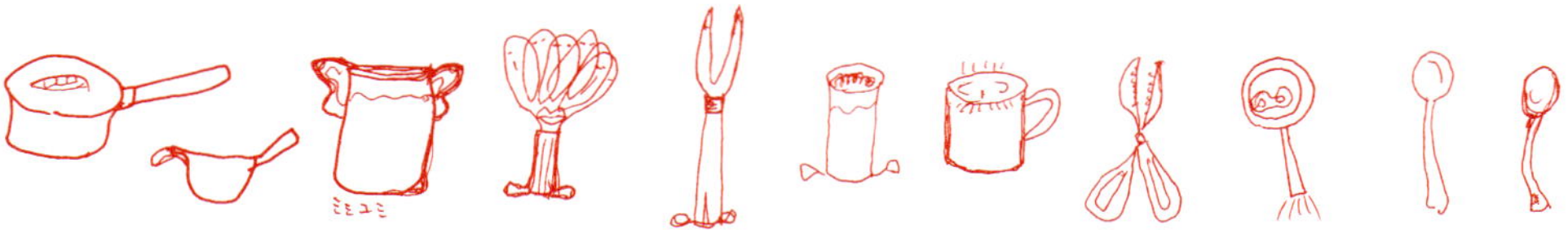

角野栄子 エブリデイマジック

二〇一九年八月 七 日 初版第一刷発行
二〇二四年三月十三日 初版第五刷発行

著 者 角野栄子
発行者 下中順平
発行所 株式会社平凡社
〒一〇一-〇〇五一
東京都千代田区神田神保町三-二九
電話 〇三-三二三〇-六五八五（編集）
〇三-三二三〇-六五七三（営業）
振替 〇〇一八〇-〇-二九六三九
ホームページ https://www.heibonsha.co.jp/

印刷・製本 株式会社東京印書館

ISBN978-4-582-63517-1 C0091
NDC分類番号 910.268
B5変型判（21.7cm） 総ページ128